文
景

Horizon

社 科 新 知　文 艺 新 潮

WILLIAM SHAKESPEARE

MACBETH

麦克白斯

［英］威廉·莎士比亚　著

卞之琳　译

上海人民出版社

目　录

麦克白斯

麦克白斯

悲剧

剧中人物

顿肯，苏格兰国王。

<table>
<tr><td>玛尔柯姆</td><td rowspan="2">其子。</td></tr>
<tr><td>多纳尔本</td></tr>
</table>

<table>
<tr><td>麦克白斯</td><td rowspan="2">苏格兰部队大将。</td></tr>
<tr><td>班珂</td></tr>
</table>

<table>
<tr><td>麦克德夫</td><td rowspan="6">苏格兰贵族。</td></tr>
<tr><td>列诺克斯</td></tr>
<tr><td>罗斯</td></tr>
<tr><td>门太斯</td></tr>
<tr><td>安格斯</td></tr>
<tr><td>凯思内斯</td></tr>
</table>

弗利安斯，班珂之子。

西瓦德，诺塞伯兰伯爵，英格兰部队统帅。

小西瓦德，其子。

瑟敦，麦克白斯侍从官。

男孩，麦克德夫之子。

英格兰医生。

苏格兰医生。

军曹。

门房。

老翁。

麦克白斯夫人。

麦克德夫夫人。

麦克白斯夫人侍嫔。

三女巫。

黑开娣。

班珂鬼魂。

幽灵多名。

贵族、绅士、军官、兵卒、刺客、侍仆、使者多人。

地点

苏格兰、英格兰（第四幕末尾）。

第一幕

第一场　旷野。

雷电。三女巫上。

女巫甲　我们三个儿啥时候再聚？
　　等打雷，等闪电，还是等下雨？
女巫乙　等到这场吵闹都停了，
　　等到这一仗打出个输赢了。
女巫丙　那就在太阳落山以前。
女巫甲　在什么地方？
女巫乙　　　　　　　就在荒原。
女巫丙　在那儿同麦克白斯会面。
女巫甲　我来了，灰妖猫！

1—7　原文为四音步韵语，1、2行一韵，3、4、5行一韵，6、7行一韵，译文中通作四顿，脚韵略改，成aa，bb，ccc。

女巫乙　蛤蟆叫！

女巫丙　马上到！

三女巫　〔齐声〕美即是丑，丑即是美：

穿烟入雾，去蹦去飞。　〔同下。

第二场　营地。

内鸣军号。顿肯王、玛尔柯姆、多纳尔本、列诺克斯*

偕侍众上，与一流血队长相遇。

顿　那个流血的队长是谁呀？看他

这副惨样子，他一定能报告叛乱的

最新消息。

玛　　　　　这就是那位军曹，

堪称坚强的好战士，他浴血苦战

---

* “列诺克斯”（Lenox），名据“第一对折本”，后世版本多作“伦诺克斯”（Lennox）。

救我出了围。——敬礼，英勇的朋友！
向王上讲讲，你离开战场以前的
战斗情况。

队长　　　　　　双方胜负未定；
象两个力竭的游泳人，扭做一团，
显不出本领。无情的麦克顿瓦尔德
（不愧为叛逆的头头，为了叛变，
把所有邪恶的天性，层出不穷，
纷纷调集到　身），从西部各岛，
得到了刻恩兵、盖乐格拉斯部队增援，
运气象叛贼的娼妓，也笑逐颜开
鼓舞他该死的作乱：可是不顶事；
英勇的麦克白斯（真配用这个称呼）
全不睬运气，手挥血染的利剑，
一路上砍杀得满剑都热气腾腾，
就象凶神的骄子，砍开一条道，
直取了那个奴才；

12—13　“西部各岛”，赫布里第群岛。刻恩兵是步兵，盖乐格拉斯部队是骑兵。

也不打一个招呼，也不道别，
一剑从他的肚脐直划到下巴；
把他的首级挂上了我们的城堞。

顿　噢，英勇的表弟！尊贵的壮士！

队长

就象从太阳开始照射的东方
翻船的风暴、吓人的雷电迸发了，
从安逸似乎就要来临的源头
不安又涌来了。请听，王上，请听：
正义，由勇敢装备了，刚刚驱逐到
这些乱窜的刻恩兵溃退回去，
挪威国王，一看见有机可乘，
调来了一批生力军，武器明晃晃，
发动了一场新攻击。

顿　　　　　　　　　　这并不惊慌了
我们的大将麦克白斯和班珂吧？

队长　　　　　　　　　　　　　惊；
象麻雀惊老鹰，或者野兔惊狮子。

33—34　“第一对折本”印成散文；十八世纪蒲伯起，改分行，成诗体。

说实话，我得上禀，讲他们两位
象两尊大炮加装了双响的炮弹；
他们就这样
一倍加一倍，重重的打击敌人：
除非说他们真想在血泊里洗澡
或者想留下另一个闻名的骷髅场，
我再也说不清——
可是我乏力了，伤口要马上救治。

顿　你说话，正象你挂彩，恰配你本色；
同显出荣誉的光辉。去给他找军医。

〔被扶下。

罗斯与安格斯上。*

谁来了？

玛　　　　　尊贵的罗斯领主。

---

* 一般近代版本删“安格斯”，但第一幕第三场 100 有“我们被派去”语，足见安格斯原也在场，照“第一对折本”与一些现代版本留存如此。

41 加尔弗里亦名戈尔戈撒（意谓“骷髅场”），耶路撒冷附近山丘，基督钉十字架处。

列　看他眼色多慌张！他看来要讲
　　什么离奇的事情。

罗　　　　　　　　　天保佑王上！

顿　你从哪儿来，尊贵的领主？

罗　　　　　　　　　　　　　大王，
　　从法夫，那里挪威旗飘扬在上空，
　　扇冷我国的人民。挪威王亲自
　　率领了无数的兵丁，
　　由考多领主那一个无耻的卖国贼
　　协助内应，发动了惊险的进攻；
　　幸好女战神的新郎，披甲戴盔，
　　出马和他面对面交手拼杀，
　　你来我往，来一个针锋相对，
　　终于挫折了他的凶焰：结果，
　　我们得胜了。

顿　　　　　　　　大吉大庆！

50　法夫，苏格兰东北岸郡名。

55　麦克白斯英勇善战，比作女战神（拜罗娜）的新郎。

罗　　　　　　　　　　　　现在
　　挪威王斯威诺已经向我们求和了；
　　我们不许他收葬他阵亡的将士，
　　除非他在圣柯姆小岛上缴纳
　　一万元大洋给我们派作公款。

顿　那个考多领主再不能骗取
　　我的信任。去宣布他立即处决，
　　把他原先的封号转赐给麦克白斯。

罗　我就去执行。

顿　他所失就是高贵的麦克白斯所得。

〔同下。

第三场　荒原。

雷鸣。三女巫上。

女巫甲　你从哪儿来，妹妹？

59　按吉特立其版排成一行。

62　圣柯姆小岛在苏格兰爱丁堡外福斯湾。

女巫乙　我刚去杀了猪。

女巫丙　姐姐，你呢？

女巫甲

一个水手的老婆，兜满了栗子，
啃着，啃着，啃着。“给我点。”我说。
“滚开，妖婆！”胖屁股癞子婆直叫。
她丈夫，“老虎号”船长，去了阿勒坡。
乘一张筛子，我要去追他，
象一只耗子，就没有尾巴；
我一定，我一定，我一定。

女巫乙　我送你一阵风。

女巫甲　多谢你情深谊重。

女巫丙　我也送一阵。

女巫甲　我还会招八面风云，
吹到要到的海港，
航海罗盘上标四方，
点点都不出我手掌。
我要干他成枯草，

17　原文无脚韵。

昼夜都休想睡觉，
硬撑开眼皮象茅檐，
过日子就不象在人间。
九九八十一整周
累得他尽萎靡，消瘦。
他的船注定不能翻，
得受够风浪的熬煎。
瞧我有什么在手头。

女巫乙　给我看，给我看。

女巫甲　这是一个舵手的大拇指，
本人在返航出险里身死。

〔内鸣鼓。

女巫丙　鼓声！鼓声！
麦克白斯光临。

三女巫　〔齐声〕
定命的妖姊妹，手把手挽好，
海上和陆上，到处逍遥，
我们就这样去来，去来：
你来三转，我来三周，

再来三回，合成个九。
别作声！符咒准备就绪。

麦克白斯与班珂上。

麦　我从未见过这样坏、这样好的一天。
班　福累斯还有多远？这是些什么，
这样枯瘦，穿戴得这样古怪，
看起来不象住在地上的生物
却又在地上？你们是活的？能和人
互相通话吗？你们似乎懂我话，
每一个马上把皲裂的手指搁到了
干瘪的嘴唇上。你们应该是女人，
你们的胡子却使我难于相信
是如此。
麦　　　　讲吧，如果能：你们是什么人？
女巫甲
万福，麦克白斯！祝贺你，格雷密斯领主！

34、37　原文无脚韵。

女巫乙

万福，麦克白斯！祝贺你，考多领主！

女巫丙

万福，麦克白斯！祝贺你今后当国王！

班　将军为什么吃惊，似乎害怕
听起来大好的事情。——请真理作证，
你们是虚幻的，还是当真象外表
这个样子？我这位高贵的同伴
听你们致敬，既提当前的尊荣，
又预言将来的富贵、至尊的前途，
显得出了神。我还没听说一句话。
如果你们能洞察时间的种子
说得准哪一颗会长，哪一颗不会长，
那就跟我讲一讲，我是既不求
你们的恩惠，也不怕你们的憎恨。

女巫甲　祝福！

女巫乙　祝福！

女巫丙　祝福！

女巫甲　低于麦克白斯，却更高。

女巫乙　不同样幸福，却更幸福。

女巫丙　你会生许多王，自己虽不是。

同享万福，麦克白斯和班珂！

女巫甲　班珂和麦克白斯，同享万福！

麦　等一等，你们说不全，再多讲一点。
西奈尔去世，我确成格雷密斯领主；
考多可怎样？考多领主还活着，
正安享荣华富贵；至于当国王，
就象当考多领主，怎样从长看
也难于置信。说说看你们从哪儿
得到的这个离奇的消息？为什么
你们在这片荒原上向我们半途
打这种预言式招呼？我命令你们说！

〔三女巫消隐。

班　水有泡沫，土地也就有泡沫，
这些是泡沫。她们朝哪儿消失的？

麦　消失在空中；似乎有形体的，向风里

71　荷林歇德《苏格兰编年史》中称麦克白斯父为“西奈尔”。

化成一股气。但愿她们能停一下！

班　我们谈论的这些果真有过吗？
还是说我们吃了迷魂的草根，
幽禁了理智？

麦　你的子孙，当国王。

班　　　　　　　　　你自己当国王。

麦　还当考多领主；是这样说的吗？

班　是这样说的，一字不差。谁来了？

罗斯与安格斯上。

罗　麦克白斯，王上已经很高兴接到了
你取得胜利的消息；他呀一听说
你在对叛逆作战中功绩辉煌，
就不知如何表示他的惊奇
又同时赞扬你的英勇。口呆了，
他又得知你就在同一天之内
置身在顽强的挪威大军的阵地上，
一点也不怕你自己双手制造的

死亡的惨象。密密麻麻像冰雹，
接二连三，来了报信人，都称颂
你捍卫祖国江山的丰功伟业，
颂扬话倾泻成一片。

安　　　　　　　　　　我们是派来
向你先行传达王上的谢忱，
只是来接你回去面谒王上，
不是来酬劳。

罗　为了保证会赏赐更大的荣誉，
王上嘱咐我称呼你考多领主
祝福，最尊敬的领主，这一个爵号
是你的了。

班　　　　　　什么！魔鬼果真能说对吗？

麦　考多领主还活着。你为何叫我穿
借来的袍子？

安　　　　　　　前领主固然还活着，
但是他咎由应得，在重判之下，
就要丧命。究竟他是勾结了
那些挪威人，还是偷偷摸摸，

支援了叛贼，还是并用了两手，
来颠覆自己的祖国，我还不清楚；
但是卖国罪已经供认了，证明了，
就把他毁了。

麦〔旁白〕　　格雷密斯，考多领主！
最高的还在后。

〔对罗斯与安格斯〕

谢谢你们的辛苦。

〔对班珂〕

你还不希望你的子孙当国王吗，
既然人家把考多领主给了我，
给他们也许了不小的尊荣？

班　　信她们，
你还会点燃起获得王冠的希望，
不限于考多的爵位。可是，奇怪，
往往就为了骗取我们来害我们，
魔鬼的工具会讲些真情实况，
小处真诚，以博得我们的信任，
使我们在大处上当。——

老表俩，我们说句话。

麦 〔旁白〕 两句话应验了，
好比欢乐的开场白，接下去该是
帝王的正戏了。——谢谢二位大人。——
〔旁白〕
这种神奇莫测的招呼、提示，
不可能出于恶，不可能出于善。出于恶，
为什么它用了开头就应验的一句话
给了我保证。我是考多领主了。
出于善，为什么我容受一种坏念头
勾起了凶象，顿使我毛发悚然，
使我镇定的心怦怦的直跳
一反常态。眼前的实际恐怖
比起恐怖的想象还微不足道。
我的头脑里只一现谋杀的妄想，
就使我脆弱的全身饱受了震撼，
全部功能都在猜度中丧失了：
只见虚幻不见真。

141—142 分行照“亚屯”版与“第一对折本”，与现代一般流行版本略有不同。

班　看，我们的同伴想得出神了。

麦〔旁白〕

机缘如要我当国王，自会来加冕，
不用我操心。

班　　　　　　新尊荣加到他头上，
就象我们穿新衣，非等到穿惯了，
总觉得不服身。

麦〔旁白〕　　什么事要来尽管来，
最是难捱的日子也过得飞快。

班　尊贵的麦克白斯，我们在听候圣旨。

麦　请原谅。我这副迟钝的头脑忽然
想起了忘记的事情。二位大人，
你们的辛苦我已经铭刻在心，
天天会翻阅。我们去朝见王上。

〔旁白，对班珂〕

想想最近碰到的事情；等有空，
经过了一番仔细琢磨，让我们
彼此再开诚谈谈心。

班〔旁白，对麦克白斯〕　极愿奉陪。

麦 〔旁白，对班珂〕

现在不多说了。——来吧，朋友们。

〔同下。

第四场　福累斯。宫中。

军乐。顿肯、玛尔柯姆、多纳尔本、列诺克斯及侍众上。

顿 考多的死刑执行了吗？监刑人员
已经回来了没有？

玛 报告陛下，
他们还没有回来；可是我已经同
亲见他就刑的一个人谈过话，他说
罪人坦白供认了叛逆的行径，
恳求陛下的宽恕，并且表示了
深切的悔恨。他一生所作所为
从没有象临终那样磊落，他死得

仿佛早学会把死亡不当一回事，
抛掉自己最可宝贵的一息
就如同草芥。

顿　　　　　　世界上没有法子
从脸上看出一个人深藏的心机。
考多原先还是我绝对信任的
一位贵人。

麦克白斯、班珂、罗斯与安格斯上。

噢，最高贵的表弟！
我无法答谢的歉疚此刻还使我
心头沉重。你这样超群越众，
以致最快的酬报也飞得太慢，
赶不上你。但愿你功劳小一点，
才好叫我的感谢、我的报答
能相称一点！我只剩一句话能说，
你所应得超过了我所能给。

麦　我们为陛下效命，为陛下尽忠，

本身早就是酬报。陛下的份内
是接受我们的职司；我们的职责
对王座就像子女对父母，奴仆对主人，
只是做他们该做的，做什么都为了
确保爱陛下，尊陛下。

顿　　　　　　　　　　欢迎你回来。
我已经开始培养你，一定要用工夫
使你能充分成长。高贵的班珂，
你的功绩也不小，也不能让你
声名不彰，让我来把你拥抱，
贴近我心窝。

班　　　　　　　我如在这里茁长，
收获就属于陛下的。

顿　　　　　　　　　　我的欢乐
洋溢到猖狂了，想找悲哀的泪水
掩藏一下。众王儿、国戚、领主，
还有最为亲近的各位，我宣告
我的长子玛尔柯姆立为王储，
从今以后就称为柯姆伯兰亲王，

将来就继承我的王位；尊荣
也并不归他一个人，尊贵的封号
还要象满天的星星，同时照临
所有的功臣。大家陪我去因弗内斯，
让我再叨受你一番盛情。

麦　不效劳陛下，偷闲就等于服苦役！
我自己就当先遣使，让我见妻子
一听说御驾的光降，先欢喜一场；
我就此先行告辞了。

顿　　　　　　　　　高贵的考多啊！

麦〔旁白〕
柯姆伯兰亲王！这是一级台阶，
我要是不叫它绊倒，就得跨越它，
因为它横在我路上。星星啊，歇火吧！
不要让光亮照见我幽黑的欲望，
眼不看手；可是就下手也罢，
不管事情干下了，眼见了会惊怕！　〔下。

顿　尊贵的班珂：他真是非常英勇，
我已经饱听了人家对他的赞扬，

那对我是一场盛筵。让我们跟上去，
他好殷勤呀，先去准备了欢迎。
真是无比的王亲国戚。

〔军乐。同下。

第五场　因弗内斯。麦克白斯府堡。

麦克白斯夫人上，读信。

麦夫人　“她们在我吉利的一天和我相遇；我从最权威方面获悉她们有超凡的知识。我亟欲进一步问问她们，她们就化为空气，消失不见了。我正诧异得站住出神呢，王上的使臣来了，都欢呼我‘考多领主’，这一个封号正是这三位神巫姊妹方才用来招呼我的，她们还对我提到将来，说‘祝贺你今后当国王！’我想最好把这点告诉你（我最亲爱的同享洪福的伴侣），使你不致因为不知道什么富贵已经许给了你而失去应得的欢欣。放在你心里，再见。”

你原领格雷密斯，现兼主考多，还将登——
预言所期许的高位。我可真担心
你的天性太软，人情味太浓，
使你走不了捷径。你愿当大人物，
也并非没有雄心，就可惜缺少了
该伴随它的狠心。你想要超凡，
偏又要入圣；你不肯摆弄骗局，
却要赢左道邪门；大老爷，你要嘛，
那件东西就直叫“你只能这么干”；
你实在就是怕干那件事情，
并不是不想干。你最好快点回来吧，
让我把我的精神灌进你耳朵，
用我舌头的锐气破除一切
阻止你博得那一项金圈的障碍，
既然命运和神异的力量似乎要
为你加冕了。

10　取吉特立其解释，麦克白斯夫人要说“登王位”，不由不克制一下，接下去含混其词。

一使者上。

你有什么消息？

使　王上今晚驾临。

麦夫人　　　　　　你是说疯话吗！

你老爷不在御前吗？果真如此，

他该早给我通知先作准备呀。

使　禀夫人，这是真情。老爷快到了。

我们有一个伙伴赶先了一步，

直跑得气都喘不过来了，好容易

报告了这个消息。

麦夫人　　　　　　好好照应他；

他带来了大消息。

〔使者下。

乌鸦叫得好吵哑啊，

报告了顿肯就要致命的投入

我家的堡门。都来吧，鼓励杀机的

33　颇有学者解释“吵哑”的“乌鸦”指跑得喘不过气来的使者，吉特立其则认为城堡上实有鸦飞，较富诗意。

凶神恶煞，解除我阴柔的女性，
快把我自顶至踵满满的灌注了
最毒的残忍！凝结住我的血液；
堵住每一道悔恨能进入的门户，
别让不安的良心前来惠顾，
动摇我的狠心，横梗在执行之前
以保持平静！来我女人的胸前吧，
把我的奶汁换胆汁，杀人的帮手，
你们本就以无形的躯体到处寻
作恶的天性啊！来吧，幽暗的夜晚，
裹上地狱的最浓最黑的烟雾，
让我的利刃看不见它切开的伤口，
让青天看不穿墨毛毯来高声叫喊
“住手！”

麦克白斯上。

伟大的格雷密斯！高贵的考多！

---

48 “墨毛毯”，乌云，黑幕。

在两者之上，还有万福的将来！
你的来信已经使我飞越了
无知的现在，就在此刻我已经
感觉到未来。

麦　　　　　　　　我至亲至爱的夫人，
顿肯今晚上来此。

麦夫人　　　　　　　何时离此？

麦　他打算明天走。

麦夫人　　　　　　啊，那个明天
太阳永远也见不到了！
我的爵爷，你的脸象本书叫人家
读得出离奇的事情。要欺骗世人，
该显得象世人；眼角、手掌、舌尖
都表示欢迎；显得象天真的花朵，
可是把毒蛇就藏在底下。来客
一定要好好款待，你得放手把
今晚的大事交给我全权处理，
凭此一举，我们将日夜同享
君临和主宰臣民的绝对威望。

麦　回头再谈。

麦夫人　　　　要抬起爽朗的眉宇，
脸色一沉会令人顿起疑虑。
其余一切，归我办就是。

〔同下。

第六场　因弗内斯。堡前。

双簧管奏乐，火炬高烧。顿肯、玛尔柯姆、多纳尔本、班珂、列诺克斯、麦克德夫、罗斯、安格斯及侍众上。

顿　这一座城堡位置适宜；空气
十分清新，一阵阵轻柔的流动
怡人心胸。

班　　　　　　那种夏天的顾客，
惯住殿堂的燕子，喜欢来筑巢，
证明了这里就自有一股天香

引人入胜。哪一处飞角、壁缘、
拱墙或者瞭望台都有这种鸟
在那里构筑吊床和传代的摇篮呢。
我看出它们居留、繁殖的地方
空气总美好。

麦克白斯夫人上。

顿　　　　看，看，尊贵的女主人！
厚爱不饶人，有时候反添人麻烦，
但是谁不感谢深情？据此说来，
我给你添麻烦，你得请上帝报答我，
你也得感谢我。

麦夫人　　　　我们的犬马微劳
即使每一点加一倍，再翻两番，
也实在微不足道，总无法报答
陛下以如许尊荣赏赐我家的
深恩厚泽。我们只有为了

7　“或者瞭望台”，也可按约翰孙解释，译作“方便的旯旮”。

原先和新近迭加于我家的荣宠
而永作陛下的祈福人。

顿　　　　　　　　　　考多爵爷呢?
我骑马紧紧追踪他，存心想作
他的先遣使；可是他骑术高明，
再加赤诚，尖锐得象马刺，帮助他
先到了一步。美丽和高贵的主妇，
我今晚当你的客人。

麦夫人　　　　　　　　陛下的忠仆
永远把本身以及所有人，所有物
都记在账上，随时听陛下稽查，
候陛下随意调用。

顿　　　　　　　　请伸手给我；
领我去见我的东道主。我非常敬爱他，
还要继续施加对他的恩宠。
请恕我冒昧，夫人。

〔同下。

31　挽夫人手，一说，按当时礼仪，吻夫人颊（格兰维尔·巴克）。

第七场　因弗内斯。堡内。

双簧管奏乐，火炬高烧。一司膳偕数侍仆持菜肴
及食具上，穿台下。麦克白斯上。

麦　如果干了就完了，那么最好
还是赶快干了吧。如果暗杀
兜得走后患，而随了他的丧命，
捞得到成果，如果单凭此一击，
会成全一切，了结一切，在这里，
就在现世，在时间大海的滩岸上，
我们就甘冒来世的风险。然而，
这种事情总会是现世现报，
我们用血手作身教，不用言传，
血手会还报发明人。公平的报应
会把我们放毒的杯中物回灌到
自己的嘴里。他在此有双重信任：
第一，我既是他亲戚又是他臣子，
两层关系都不容造孽；第二，

作为主人，我为他应严防凶手，
怎么能自己动刀？这一位顿肯
施政又那么温和，对国家大事
治理得那么清明，他的德行
会象众天使响彻云霄来谴责
居然把他谋杀的深重罪愆；
而慈悲，象一个初生的赤裸裸婴孩
跨着狂风，或者象小天使骑着
空中无形的奔马，会把这一桩
骇人的勾当吹进人人的眼里，
叫泪雨浇灭悲风。我没有马刺
来双双激励我的图谋，我只有
腾空的野心，跳过了头，一下子
翻落在另一边。

麦克白斯夫人上。

怎样了？有什么消息？

麦夫人

他快吃完了。你为何离开了大厅？

麦　他问起我了吗？

麦夫人　　　　　　你真不知道他问起了？

麦　这件事情我们不要进行了。

他新近给了我尊荣，我也赢得了

各色人等黄金一般的好誉，

现在趁光彩崭新就穿在身上，

不要这么快就抛弃啊。

麦夫人　　　　　　　　　原来是醉鬼吗——

你自己穿戴的希望？它后来睡着了？

现在酒醒了，一想到昨夜的放荡，

脸色就阴沉，苍白？今后我就得

同样看待你的恩爱。你莫非害怕

自己的行动和勇气跟自己的欲望

互相一致吗？你既要那件东西，

认为是人生至高无上的装饰品，

又要甘心做一个自认的懦夫，

眼瞪瞪就让“我不敢”侍候“我要”，

象老话所说的那只可怜猫。

麦　　请别说了！

我敢做男子汉配做的任何事情，

谁也比不上我大胆。

麦夫人　　那么又是

什么野兽使得你向我吐露的？

原先你敢于说出来，你倒是大丈夫；

比你当时讲心事更大胆，你就会

更是个好汉。那时候时间和地点

还并不相宜，你倒是敢想敢说。

如今机会真来了，时地两宜

反使你畏缩了。我奶过孩子，也知道

怎样爱怜吸吮我乳汁的婴儿。

就在他朝我的脸上微笑的时际，

我会从柔软的嫩嘴里拔出奶头，

砸碎他脑袋，如果我象你一样

发过誓。

麦　　万一失败呢？

45　西方古谚中颇多讲“猫要吃鱼，又怕湿爪”一类话。

麦夫人　　　　　　　　　　我们失败？
只要你鼓足勇气，张弩到发射口，
我们就不会失败。等顿肯睡着了
（他这一天赶路的辛苦、劳累
会邀他熟睡的），我就用饮酒作乐
灌醉他的那两个贴身卫士，
直弄到他们的记忆（头脑的看守）
变成了一片雾，他们的理智容受器
只成了酒精蒸馏罩。烂醉如泥，
他们象猪一样睡得很死的时候，
对毫无防卫的顿肯，你和我两人
还有什么不好下手呢？有什么
不好推到他两个卫士的身上
叫他们负谋杀大罪呢？

麦　　　　　　　　　　只生男孩吧；
你的大无畏气魄应该是专门
制造男性的材料。我们用鲜血

60　以张弩取譬。

玷污了他自己房内的那两个沉睡人，
还用了他们的匕首，人家会相信
就是他们干的吗？

麦夫人　　　　　谁敢不相信，
看我们听说他死亡就万分悲痛，
大哭大嚷哪？

麦　　　　　　　我决定了，一定要
用浑身狠劲干这个可怕的举动。
来，欺骗世人，要装得最漂亮，
假心必须用假脸来加以隐藏。

〔同下。

第二幕

第一场　因弗内斯。堡内大院。

班珂与弗利安斯由一火炬前导上。[*]

班　夜有多深了，孩子？
弗　月亮下去了；我没有听见打钟。
班　那该是十二点。
弗　　　　　　　　我看还不止，父亲。
班　来，给我拿剑吧。天上也节约，
　　把灯火都熄了。把这也拿了吧。
　　催人的困倦象铅担重压在身上，
　　可是我还不想睡。慈悲的神祇，
　　克制我胡思乱想，不让睡梦

---

* 火炬是否另有人持，各家解释不一，似以弗利安斯自持说为是。

5 “这”可能是身佩的束带匕首。

给它们放纵吧。

麦克白斯与一持炬侍仆上。

快把我的剑给我。

是谁？

麦　朋友。

班　怎么，还没有休息？王上是睡了。
他今天高兴得不同寻常，给了
府上的各班听差许多的赏赐。
这一颗钻石他特为送给尊夫人，
夸她是最殷勤的主妇，最后表示了
无限的愉快。

麦　只因为先没有准备，
我们是有心无力，款待不周，
未能充分尽地主之谊。

班　什么都很好。

16　现代注家对原文“shut up”取“结束”说中，威尔孙和缪尔解释为“结束（这一天）于”，此处取吉特立其说，译为“最后”。

我昨夜梦见了那三个女神巫说话；
说你的有几分应验了。
麦　我并不想她们。
可是到我们有一点工夫的时候，
我们不妨就那件事情谈几句，
倘若你慨允的话。
班　悉听尊便。
麦　到时候你如愿跟我协力同心，
会得到尊荣。
班　为了求增添光彩，
只要不丧失光荣，而能长保
我的胸襟磊落和忠贞清白，
我愿供驱遣。
麦　现在就好好休息吧！
班　谢谢，也好好休息！
〔班珂与弗利安斯下。
麦　去对夫人说，给我的临睡酒备好了，
请她打一下钟。你去睡吧。
〔侍仆下。

这在我眼前晃着的可是把匕首，
柄对着我的手？来，让我抓住你！
我抓你不着，你可还在我眼前。
你这个命定的凶器难道只能是
可见而不可触摸的，或者是无非
幻想的匕首，一种虚幻的产物，
完全出之于头脑里狂热的铸造？
我仍然看见你，形状分明，完全象
我现在拔出的这一把。
你引导我去本来要去的地方，
用我本来要用的这一个工具。
我的眼睛不是受其他官能捉弄了
就是顶替了一切。我仍然看见你；
你的刀片和木柄上有滴滴鲜血，
原来倒还是没有的。没有这回事。
都是我自己血腥的企图害得我
眼睛昏花了。现在一半的世界上

41　一说此半行以拔刀功作补全（乍姆伯斯、缪尔）。

灵性似乎都死了，邪梦颠倒着
掩帐的睡眠。巫婆作法献祭着
苍白的黑开娣；枯槁的杀人凶手，
及时听到了替他巡夜的恶狼
一声嚎叫，正这样蹑手蹑脚，
跨着淫乱的塔奎因大步，象鬼魂，
朝目标走去。你坚稳结实的大地，
别听见我的脚步向哪里走去，
怕你的石头会讲出我的行踪，
就此破坏了这一刻阴森的静悄，
那正好合适啊。我威胁，他活得安然；
空话只会把行动的热气吹散。

〔一声钟。

我去，那就完事了。钟声招我了。
别听进耳鼓，顿肯，这是丧钟响，
召唤你下地狱，要是上不了天堂。 〔下。

55 古罗马暴君塔奎纽斯之子塞克斯都斯，以奸污卢克丽霞臭名昭著。

第二场　同前。

麦克白斯夫人上。

麦夫人

灌醉了他们的东西使我胆大了，
浇灭了他们，却把我点着了。小心听！
是鸱枭在尖叫，这个不祥的更夫
向人道凄厉的晚安。他该是动手了。
门都开着，那两个醉饱的侍卫
用鼾声嘲弄着职守。我赏他们夜酒
下了药，现在他们熟睡到分不清
是死是活了。

麦〔自内〕　　那里是谁呀？喂！

麦夫人

唉，我担心他们已经醒了，
而事还未成！不是罪行，是图谋
会毁了我们。听！他们的匕首
我放好了；他不会找不到。要不是他睡得

象我的父亲，我自己就干了。

麦克白斯上。

我丈夫！

麦　我干了。你没有听见一个声音吗？

麦夫人

我只听见了鸱枭和蟋蟀的鸣叫。

你没有说话吗？

麦　什么时候？

麦夫人　刚才。

麦　就在我走下楼梯的时候吗？

麦夫人　是呀。

麦　听！

谁在第二间寝室里歇夜？

麦夫人　多纳尔本。

麦　好惨目惊心的样子！

麦夫人

说惨目惊心的样子，是一个傻想法。

麦　睡梦中有一个发笑，有一个喊“谋杀！”
他们互相吵醒了。我站住听他们。
可是他们作完了祷告，又重新
睡着了。
麦夫人　　　是有两个人同睡一间房。
麦　一个喊“天保佑我们”，一个喊“阿门”，
好象看见了我这双杀人的血手。
听他们惊惶惶说完了“天保佑我们”，
我可说不出“阿门”。
麦夫人　　　　　　　　别想得这么多。
麦　可是为什么我不能说一声“阿门”呢？
我当时最需要祝福，而这句“阿门”
就梗在喉头。
麦夫人　　　　　　千万不要照这样子
想这种事情。这样会使我们发疯的。
麦　我仿佛听见过一声喊“不要再睡了！
麦克白斯杀害了睡眠”——无辜的睡眠，
睡眠呀解得开搅成了一团的忧虑，
是每日生命的死亡，辛劳的浴汤，

伤心的膏药，大自然提供的重点菜，
生活盛宴的主肴啊。

麦夫人　　　　　　　　　　你是说什么？

麦　“不要再睡了，”喊声传响了全屋，
“格雷密斯杀害了睡眠，因此考多
休想再睡了！麦克白斯休想再睡了！”

麦夫人

是谁这样喊的？怎么，尊贵的老爷，
你是松劲了，竟这样昏头昏脑，
胡思乱想了。你去找一点清水
洗掉你手上这点肮脏的证据。
为什么你把这两把匕首带来了？
它们得放在原处。拿回去，再用血
涂涂那两个熟睡的侍卫。

麦　　　　　　　　　　　　　　我不去了。

我想都怕想我刚才干了的事情，
决不敢再看上一眼。

麦夫人　　　　　　　　　　意志不坚定！

把匕首给我。睡着的，还有死了的，

都无非是图画。只有童稚的眼睛
才害怕画里的魔鬼。他如还冒血，
我就用来给那两个随从涂脸，
要显出是他们犯罪。　〔下。

〔内敲门声。

麦　　哪来的敲门声？
我怎么了，什么声音都叫我心惊？
这双是什么手？嘿，要给我挖眼睛哪！
全世界大洋能从我这只手上
洗得净血迹吗？不，我这一只手
倒会给浩瀚无边的海水染色啊，
使碧波变成通红。

麦克白斯夫人重上。

麦夫人
我的手跟你的同样颜色了，我的心
却羞于跟你的比苍白。

〔敲门声。

我听见敲门声，
在南门那边。我们回自己的房间。
一点水就洗了我们下手的痕迹，
还不容易吗？你平素那一种坚毅
把你抛弃了。

〔敲门声。

听！又有敲门声。
披上寝袍，防万一有人来找我们，
发现我们还没有就寝。别这样
瞎想到忘乎所以。

麦　不想我所为，我最好忘掉自己。

〔敲门声。

敲醒顿肯吧！但愿你能够如此！

〔同下。

第三场　同前。

内敲门声。一门房上。

门房　真有人敲门呀！一个人要是当了地狱的门房的话，大门钥匙可够他老转个不停的了。〔敲门声〕敲，敲，敲！凭大魔鬼拜尔示巴布的名字来问你，是谁呀？该是个屯积居奇的种庄稼大户，眼看丰收年景到了，上吊死了的。来得及时啊！带够了手巾，这儿会烤得你流汗哪。〔敲门声〕敲，敲！凭另一个叫什么的大魔鬼的名字来问你，是谁呀？一定的，定是个说话含混的家伙，他惯会蹬着天平称两头，从这头骂那头，从那头骂这头的；他为上帝的缘故，干够了背信弃义的勾当，可没法子混进天堂哪。进来吧，说话含混的家伙！〔敲门声〕敲，敲，敲！是谁呀？一定的，该是个英国裁缝，来这里是为了生前做法国窄裤也偷了材料。进来，老裁缝。你可以在这里烧你的烙铁。〔敲门声〕敲，敲！永远不安宁！是什么人？这个鬼地方当地狱可太冷了。我不当它的鬼门房了。我原来倒有心把干什么行当的货色都放进来一些，瞧他们青云直上，投入永恒的焰火哪。〔敲门声〕来了，来了！请记住我这个看门人。　〔开门。

麦克德夫与列诺克斯上。

麦克德夫

朋友，莫非是你夜里睡得太晚了，
所以你起得这么晚？

门房　说实话，大人，我们昨儿晚上喝酒作乐，直闹到第二遍鸡啼哪;喝酒呀，大人，可了不起，就最会挑动起三件事。

麦克德夫　特别会挑动起哪三件？

门房　嗨，大人，酒糟鼻、睡觉，还有撒尿。淫欲呢，大人，它又挑动又捉弄：它逗起念头，可又夺去干劲。所以，多喝酒，对于淫欲来说，也可以说是含混的两面派：成全它又破坏它，促进它又绊倒它，鼓励它又打击它，撑它又推它，总之，叫它含含混混，晃荡进一场荒唐梦，叫它一躺，自己就溜了。

麦克德夫　我相信昨夜的闹酒也使你晃荡够了。

门房　一点不错，大人，我的喉咙里直晃荡哩；可是我报复了它的荒唐；我以为自己远比它高强，尽管它有时候也抬起了我的大腿，可是我想法子把它摔倒了。

麦克德夫　你的主人起来了吗？

麦克白斯上。

我们的敲门把他闹醒了；他来了。

列　早安，高贵的大人！

二位早安！

麦克德夫

王上起来了吗，尊贵的领主？

麦　还没有。

麦克德夫

他昨夜吩咐我今天一早来见他，
我几乎错过了时间。

麦　我来领你去。

麦克德夫

我知道这是你乐意来尽的辛劳，
就只好劳驾了。

麦　只要喜欢干，也就谈不上辛苦了，
就进这个门。

麦克德夫　我就冒昧进去了，
因为我亲奉王上的命令。　〔下。

列　王上今天就走吗？

麦　走；他作了安排。

列　这一夜真狂暴。我们睡觉的地方，
烟囱都叫风刮倒了；还听人家说，
空中有哭哭啼啼、死亡的怪叫，
还有一种可怕的声调在预言
将有惨酷的纷扰、混乱的灾祸，
新降临苦难的时世。阴森的夜鸟
整吵了漫长的一夜。有人说地球
都发了寒热病，直哆嗦。

麦　　　　　　　　　　果真是狂暴。

列　凭我年轻的记忆，我实在想不起
相似的情况。

麦克德夫重上。

可怕啊，可怕，可怕！
舌头说不出，心也想不明的恐怖啊！

麦、列　什么事？

麦克德夫

混沌已经完成了它的杰作了！

最亵渎神明的凶杀已经打开了
上帝涂膏的圣殿，从那个宝殿里
偷走了性命了。

麦　　　　　　　　　你说的什么？性命？

列　你是说陛下吗？

麦克德夫

到寝室去看吧，让一个新果贡
凝结你们的眼睛。不要叫我讲。
去看了自己说吧。

〔麦克白斯与列诺克斯下。

醒来啊，醒来！
打响报警钟！发生谋杀了，反叛了！
班珂！多纳尔本！玛尔柯姆！都快醒来！
摔脱温柔的睡眠，死亡的赝品，
去看死亡的本身！起，起，去看
世界末日的形象！玛尔柯姆！班珂！

---

58 “上帝的圣殿”即人体，“上帝涂膏的圣殿”则是王体，国王加冕必须“涂膏”。

61 “果贡”指希腊神话蛇发三姊妹中的美度萨，其貌可怖，令人一见即目定口呆，凝化成石。

象从你们的坟墓里起来，象幽灵
走去配搭这一场恐怖吧！敲钟！

〔钟声。

麦克白斯夫人上。

麦夫人

什么事
要这样吓人的大鸣大擂，吵醒
大家来喧闹啊？说，说！

麦克德夫 噢，好夫人，
我能够说的只怕不适于尊听呀！
这一个消息一落进妇女的耳朵
会成了杀人的凶器。

班珂上。

班珂啊，班珂，
我们的王上被杀害了！

麦夫人 哎呀，不得了！

怎么！在我们家里？

班　　　　　　　　　在哪里都太惨了。

亲爱的德夫，我求你收回这句话，

改口说并非如此。

麦克白斯与列诺克斯重上。

麦　我若在这一件变故前一小时死了，

倒是活过了幸福的一生；从今后，

人生在世再没有意义可说了；

一切成儿戏；名声和德行都完了；

人生的美酒喝光了，只剩了渣滓

给这个酒窖去夸耀了。

玛尔柯姆与多纳尔本上。

多　是出了什么事？

麦　　　　　　你们是，竟还不知道！

你们血液的来源、本源、根源

被人家截断了，你们的宗室断头了。
麦克德夫
你们父王被害了。
玛　　　　　　　　　　啊，谁干的？
列　看来就是那两个在房里守护的。
他们的手和脸都戴了血染的标记，
他们的匕首也这样，擦都没有擦，
我们发现就放在各自的枕边。
他们直瞪眼，慌了。谁的生命
也不能托付给这种人。
麦　噢，我真悔不该，一时气疯了，
把他们杀了。
麦克德夫
　　　　　　你可为什么这样啊？
麦　谁能够错愕而清醒。狂怒而镇定，
忠愤而持平？同一时谁也办不到。
我的赤胆忠心激动到像狂风暴雨，
越出了理智的控制。这边是顿肯，
白银的皮肤上交织着赤金的血迹，

一道道刀伤象生命打开了缺口，
招来了毁灭的蹂躏；那边是杀人犯，
满身标志了造孽的本色，两把刀
赤条条就穿了血套。谁有忠心
而怀里有胆量断然来表现忠诚的
能忍受得了？

麦夫人　　　　快扶我走开啊，救救！

麦克德夫

快照料夫人。

玛〔旁白，对多纳尔本〕

为什么我们不作声呢，
我们是最有权利就此发言啊？

多〔旁白，对玛尔柯姆〕

在这里有什么好说，我们的劫运，
躲在这地方哪一个不测的角落里
随时会冲出来把我们一网打尽哪？
我们快走吧。
我们的眼泪还得酝酿。

玛〔旁白，对多纳尔本〕　我们的悲恸

还不是起步的时候。

班　　　　　　　　　　快照料夫人。

〔夫人被扶下。

我们脆弱的赤身暴露不得，

等各自穿着好了，大家来聚会，

追究这一桩最残酷无比的血案，

查明真相。疑惧震动着我们。

我站在上帝伟大的手掌里，决心

跟尚未揭穿的叛逆阴谋坚持

斗争。

麦克德夫

我也如此。

全体　　　　　　　　　　大家都如此。

麦　大家就赶快去穿着得整整齐齐，

随后就到大厅去开会。

全体　　　　　　　　　　好。

〔同下，仅留玛尔柯姆与多纳尔本。

玛　你打算怎么办？我们别跟他们混。

一个假心假意人最容易假装出

一副悲痛的样子。我要去英格兰。

多　我去爱尔兰。各奔前程会保证

我们得两全。我们现在这地方，

人家会笑里藏刀；血缘愈近，

血债愈紧。

玛　　　　　这支射出的毒箭

还没有落地，我们的最安全办法

是避过目标。我们赶快上马吧！

我们再不能拘泥告别的礼貌，

快溜之大吉。既然是地不留情，

我们把自己偷出去也正大光明。

〔同下。

第四场　因弗内斯。堡外。

罗斯与一老人上。

老　七十个年头我都还记得清楚；

可怕的时刻、离奇的事物也见过
不少了，可是比起吓人的这一夜
就都算不了什么了。

罗　　　　　　　　　　　啊，老大爷，
你看天公啊，你恼恨人类的行为，
在威吓这个血腥的舞台呢。按时辰，
现在是白天了，黑夜却扼住了天灯。
是黑夜当道呢，还是白天羞愧，
该是阳光吻遍地面的时候，
黑暗却把它掩住了。

老　　　　　　　　　　　真是反常，
就象最近的怪事：上一个星期二，
一只鹞鹰雄赳赳盘飞到高处，
却被一只捉老鼠鸱枭啄死了。

罗　奇怪而千真万确，顿肯的马群，
长得美，跑得快，算得是马中的骄子，
忽然变野了，不受管，突破了马棚，
横冲直撞，好象是硬要跟人类
作战呢。

老　听说还互相咬来吃哩。

罗　真是这样的，我在场亲眼看见，
直看得我目定口呆。

麦克德夫上。

麦克德夫来了。
事情怎样了，大人？

麦克德夫　你没有看见吗？

罗　查明了谁作的这桩超残酷血案吗？

麦克德夫
麦克白斯杀了的那两个。

罗　唉呀！
他们能图什么啊？

麦克德夫　他们被收买了。
玛尔柯姆、多纳尔本，王上的两个儿子，
偷偷跑掉了，这样就自己招致了
犯罪的嫌疑。

罗　更叫反常啊！

不顾后患的野心，竟狼吞虎咽掉
自己的生路！这样一来显然是
王位一定会落到麦克白斯手中了。

麦克德夫

他已经选上了，已经前往斯可恩
去举行登基礼。

罗　　　　　　　　　　顿肯的遗体在哪儿？

麦克德夫

抬去了戈姆基尔，
他的一代代先人归葬的圣地，
埋骨的陵园。

罗　　　　　　　　　你到斯可恩去吗？

麦克德夫

不，去法夫。

罗　　　　　　　　　唔，我就去那边。

麦克德夫

唔，愿你见那边一切都好。

31　当时苏格兰国王继位需由贵族院推选。

再见，我们穿新衣怕不如穿旧袍。

罗　再见，老大爷。

老　愿上帝让你们有福；让谁都有，

只要谁化恶为善，化敌为友！

〔全下。

40—41　老人祝福，一般有两解，一为出于冷嘲，一为出于真诚，两解都可通。说话对象，也有两说，一般认为专对罗斯，吉特立其认为同时对二人，只是后半句说在两人转身以后，译文暂取此说。

第三幕

第一场　福累斯。宫中。

班珂上。

班　你现在都有了，王位、考多、格雷密斯，
全符合女巫的预期；我只是恐怕
你为此干得太肮脏了。可是原来说，
你的王位不会是世代相传，
而我自己倒会是许多国王的
老祖宗呢。倘若她们说得有道理
（象在你麦克白斯身上有灵验那样），
既然对你是样样都不差什么，
那些话对我也不会就是神谕，
使我满怀希望吗？得，别再说了。

出场号鸣。麦克白斯王服如仪，麦克白斯夫
人后装如仪，列诺克斯、罗斯、贵族及侍从上。

麦　首席贵宾在这里哪。

麦夫人　　　　　　　　要是忘了他，
　　我们的盛筵就有了极大的空缺，
　　一切都暗淡无光了。

麦　今晚这里要举行国宴，大人，
　　我亲邀你出席。

班　　　　　　　　陛下随意差遣吧，
　　作为臣子我义当唯尊命是从，
　　我的职责和尊命是相依为命的，
　　当永结不解。

麦　　　　　　　你下午要出去骑马？

班　是，陛下。

麦　要不然我倒想请你来参加我们
　　今天的会议，听你的高见，那总是
　　又认真又英明的；可是等明天再说吧。
　　你会骑到很远吗？

班　陛下，远到够我从此刻起来得及
赶回来吃晚饭。要是我的马跑不快，
我就不得不向夜晚告贷一两个
昏暗的钟头。

麦　　　　　　可不要误了宴会啊。

班　我不会，陛下。

麦　我听说，那两个穷凶极恶的王子
分别逃到了英格兰、爱尔兰，不承认
杀父的滔天罪行，到处散播
离奇的谣言。可是明天再谈它吧，
此外那时候还另有国家大事，
要我们一同计议。快去上马吧，
等夜里你回来再见。弗利安斯同走吗？

班　是，陛下。该我们走的时候了。

麦　祝愿你们的两匹马跑得快，跑得稳，
我就此把你们两位交托给马背。
再见。

〔班珂下。

大家请便，各自去随意活动，

晚七点再会面。为了使欢聚一堂
格外愉快，我要在晚饭以前，
独自个待上一会儿。回头再见。

〔众下，仅留麦克白斯与一侍仆。

来，跟你说句话。那两个汉子
来听候我的吩咐了吗？

仆　　来了，陛下
正等在宫门外边。

麦　　把他们带来。

〔侍仆下。

做到这一点算不了什么，要确保。
班珂给我的恐惧
扎得深，他的品性高贵里天然有
令人生畏的地方。他敢作敢为，
而在他那种无畏的心性以外，
他还有智谋引导他的英勇
安全行事。除了他，没有任何人，

47　此行意为“坐江山算不了什么，要稳坐江山”。

活着就使我害怕。在他底下
我的星宿就受蔽了，就象人家说
恺撒是安托尼的克星。那三个女巫
一唤我国王，他就去呵斥她们，
要她们跟他讲话。随后，先知般，
她们就欢呼他是一裔君王的祖宗。
她们把无后的王冕戴在我头上，
把绝嗣绝传的王笏放到我手里，
然后再一手夺去，不让我有子孙
上来继承。命运倘果真如此，
我是为班珂的后嗣玷污了心灵，
我是为他们杀害了慈祥的顿肯；
把狠毒装进了我本来宁静的船舱，
就只是为他们；把我不朽的灵宝
抛给了人类的公敌，以便他们
一代代为王，班珂的子息称王！
与其如此，命运，来进决斗圈，
来向我迎战，决一生死！谁呀？

侍仆率二刺客上。

你且去门口，等我一会儿唤你。

〔侍仆下。

我们不是在昨天一块儿谈过吗？

二刺客

陛下在上，正是。

麦　　　　　　　　那么，好，

你们已经考虑过我的话了？要知道，
本来就是他，在过去，害得你们
深受屈辱的，原来你们还归罪我，
我却是无辜的。在我们上次的谈话里，
这一点我已经说明了，向你们证实了
你们是怎样受捉弄，受压抑，借谁
用什么手段，以及其他种种，
哪怕叫一个笨伯，胡涂虫也会说
“都是班珂啊！”

刺客甲　　　　　　陛下使我们明白了。

麦　不错，我还要进一步，这正是现在

第二次会见的目的。你们自以为
忍耐压倒了你们的一切天性，
能把这放过吗？你们虔诚到竟至于
为这个好人和他的子孙祈祷，
不管他用铁手压你们进坟墓，使你们
世代当乞丐吗？

刺客甲　　　　　我们也是人，陛下。

麦　是啊，按总类来说，你们算是人，
就象猎狗、跑狗、杂种狗、野狗、
粗毛狗、叭儿狗、狮子狗、狼狗，总名字
都叫狗，按价值来说，就该分出来
跑得快的，跑得慢的，狡猾的，
可以看家的，可以打猎的，都各自
按照天然赋与的不同本领，
在统称为狗的这一个项目以下，
另加上特殊的称号，再也不能
说得笼笼统统了。人也是这样。

87—90　指接受《新约·马太福音》第五章以德报怨的教训。

好，如果你们在人类的行伍里
不属于最为低下的一级，那就说；
我就把这件事推心置腹交你们，
照办了也就除去了你们的仇人，
博得了我的欢心和我的爱宠，
人家呀活一天就使我难受一天，
他一死我的病就好。

刺客乙　　　　　　陛下，我正是
受尽了人世的无情打击和折磨，
逼得我为了报复，天不怕，地不怕，
什么事我都敢干。

刺客甲　　　　　　我也是这样，
灾难和厄运害得我厌透了人世，
甘愿拿我的生命去孤注一掷，
好就好，不好就了。

麦　　　　　　二位都知道
班珂是你们的仇人。

二刺客　　　　　　是的，陛下。

麦　也是我的，而且是不共戴天，

他一分一秒的存在都是直刺到
我的命脉；我可以抛头露面，
用我的权力扫除我这个眼中钉，
用我的圣旨来批准，却有所不便，
因为我和他有一些共同的朋友，
我不好得罪他们；我还得悲悼他
即使我亲手干了他。就因为这样，
我才要借重你们两人的助力，
出于重大的原委，把这件事情
掩过世人的耳目。

刺客乙　　　　陛下放心，
我们当遵命。

刺客甲　　　　即使我们的生命——

麦　你们的勇气是昭然的。不出一小时，
我准会通知你们到哪里去埋伏，
等我侦明了时间再指示你们
什么时候去动手，今晚得干好，
而且离王宫远一点，千万要记住
别把我牵涉在内，干掉他还必须

要干净利落，不出一点儿纰漏，
跟他作伴的弗利安斯，他的儿子，
剪除他就跟剪除他这个父亲
对我是同样重要的，必须叫同时遭
黑暗的命运。且下去决定一下，
我就来找你们。

二刺客　　　　陛下，我们早决定了。

麦　我马上来叫你们。进去等一等。

〔二刺客下。

一切都定了。班珂，你灵魂出窍，
要找到天堂，今晚上就得去找。　〔下。

第二场　同前。

麦克白斯夫人偕一侍仆上。

麦夫人

班珂出外去了吗？

侍仆

是，娘娘，可是今晚上就回来。

麦夫人

去告诉王上，我请他得空就过来
跟我谈一两句话。

侍仆　　　　是，娘娘。　　　　〔下。

麦夫人

什么都落空，尽管费尽了心机，
愿望是实现了，却并不称心如意。
与其毁人而享受不稳的空欢，
还不如被毁而从此入土为安。

麦克白斯上。

怎样了，老爷？为什么你独自一个人
尽跟最无聊透顶的幻想作伴，
放不开那些思虑，死的死了，

4—5　原文虽然出格，在新旧各种版本中都算一行。译文多出一行。

还想它干吗？不可弥补的事情
不要再念念不忘。干了就完了。
麦　我们只把蛇砍伤了，没有砍死。
它会联起来，重新变一条，用毒牙，
再进行危害，报我们可怜的放肆。
可是让六合的框架全部脱榫吧，
人天同归于尽，
免得我们提心吊胆来吃饭，
睡眠也受这些恶梦的震撼，
害我们夜夜不安宁。与其躺着
让心灵折磨，辗转反侧，倒不如
与死者为伍，原就是求我们安全
才打发他们去安息啊！顿肯在坟里了；
经过了人生的疟疾，他睡得很好。
叛逆已经做绝了。刀也罢，药也罢，
内忧外患也罢，再没有什么
能伤他一根毫毛了。

15　按西方旧说，蛇被砍成两截，只要头不碎，重会接成一条。

17—18　此处原文，在各种“对折本”中，都作两短行，后世版本强凑成一行。

麦夫人　　　　　　　　得了。

我的好老爷，收起你的哭丧脸，
今晚请客要显得兴高采烈啊。

麦　我一定，夫人；我请你也要这样。
你一定要对班珂特别关切，
用眼色，用语气，放他在最优先地位——
暂时还不安全，在源源不绝的奉承里
我们必须把荣誉清洗一番，
使面容成为假面具，给我们内心
掩盖住真面目。

麦夫人　　　　　　　你千万不要这样了。

麦　啊，我心里爬满了蝎子，贤妻！
你知道班珂和弗利安斯都还活着呀。

麦夫人

他们可也是肉做的，不可能永生。

麦　那不无小慰啊！他们是经不起刀枪的。
你就高兴吧。不等到蝙蝠结束了
环廊的飞绕，不等到黑开娣召唤了
梗壳虫用它嗡嗡的声音响起了

象打哈欠的夜钟；就会干出了
一件可怕的事情。

麦夫人　　　　　　　　什么事情啊？

你无需知道，我最亲爱的宝贝，
到时候你自然会叫好。缝眼皮黑夜，
来扎住慈悲的白昼温馨的眼睛，
删掉和撕碎令我惊惶不安的
那个约束吧！光线暗了，乌鸦
飞去了昏黑的巢林。
白天的好事开始萎顿了，瞌睡了，
黑夜的黑爪牙起来要扑食生物了。
听我说，你可以瞪眼，且不要开口：
无非是，好事一不做，坏事二不休。
好，你就跟我来。

〔同下。

55—56　这对韵语收场白，诚如吉特立其所说，是画蛇添足，本身亦欠精辟，较近原文字面的释文可改为：“听我说，你可以惊讶，却不要声张：不义开了头，只有用不义加强。”

第三场　同前。宫外不远处道旁林园。

三刺客上。

刺客甲

可是谁叫你来帮忙的？

刺客丙　　　　麦克白斯。

刺客乙

我们不用怀疑他，既然他传达了
我们的任务，怎样下手，全符合
原来的指令。

刺客甲

那就跟我们一起干。
西天还剩了几丝闪闪的亮光。
晚了的旅客现在正快马加鞭，
赶客店投宿，我们守候的目标
也就来近了。

刺客丙　　　　听！我听见马来了。

班〔自内〕

喂，给我们火把！

刺客乙　　就是他！另外的

那些受邀赴宴的所有宾客

都早已在宫里了。

刺客甲　　他的马交人牵走了。

刺客丙

差不多还有一英里；可是他常常，

像大家一样，从这里到王宫大门，

就徒步走去。

班珂与弗利安斯持一火炬上。

刺客乙　　火把，火把！

刺客丙　　就是他。

刺客甲

准备好。

班　今夜会下雨。

刺客甲　　就让它赶快下来！

9—11　大林园入口处有看守备火牵马。

〔三人突袭班珂。

班　啊，阴谋！快逃，弗利安斯，逃逃逃！

你可以报仇。狗奴才啊！　〔死。

〔弗利安斯逃脱。

刺客丙

谁扑灭了火把？

刺客甲　这样有什么不好吗？

刺客丙

只干掉一个；儿子给跑了。

刺客乙　另一半

最重要部分，我们干漏了。

刺客甲

得，我们去报告我们的成果。

〔同下。

第四场　同前。宫中大厅。

筵席就绪。麦克白斯、麦克白斯夫人、罗斯、列诺克斯、贵胄及侍众上。

麦　请各按品位就座。从开宴到散席，
　　就此表竭诚的欢迎。
贵胄　　　　　　　　　　谢陛下鸿恩。
麦　我自己就先来陪你们畅叙，
　　当一个谦恭的主人。
　　女主人还留坐宝位，可是到时候
　　我就请她来致意。
麦夫人
　　就请陛下向友好当众宣布
　　我衷心表示对大家深为欢迎。

刺客甲上，止步门首。

麦　看，他们以衷心的道谢回报你。
　　两边持平了。我就坐这儿正中间。
　　开怀作乐吧；一会儿我来同你们
　　一起来干上一杯。　　　　　　　〔走向门前。

你脸上有血。

刺客甲　　　　　那么，该就是班珂的。

麦　血在你外边比在他里边总要好。

把他打发了？

刺客甲　　　　　割断了喉咙，陛下。

那是我干的。

麦　　　　　你是最好的刺客！

可是把弗利安斯同样干了也不错。

也是你干的，你就是举世无双了。

刺客甲

陛下在上……弗利安斯逃走了。

麦〔旁白〕

这一下我又要发病了。我本来倒好了：

磐石样完整无隙；岩石样牢固；

空阔，自在像环绕四周的空气；

现在被拘留，禁闭，封锁，关进了

恼人的疑惧了。——可是班珂是保险了？

刺客甲

12—13　分行按缪尔本，不同于其先各版。

是，陛下。稳躺在一条泥沟里，
头上挖开了二十道深槽，一小道
也就够要他的命了。

麦　　　　　　　　　　　多谢这一手——
大蛇死在那里了；在逃的小蛇，
天生到时候也还会产生毒液，
现在还没有长毒牙。——去吧。明天
再来一谈。

〔刺客甲下。

麦夫人　　　　我的王上老爷，
你不来劝酒鼓兴。大宴宾客，
要没有主人一再殷勤招待，
就成了卖饭。吃饭最好待家里。
请出来作客了，就靠礼节来调味；
缺了它，就兴致索然。

班珂鬼魂上，前往麦克白斯椅就坐。

麦　　　　　　　　　亲爱的提醒人！

现在祝在座各位胃口好，消化好，
愿大家口腹两旺！

列　　　　　　　　　　　　陛下请安坐。

麦　现在全国的精英欢聚一堂了，
要不是高贵的班珂此刻也在场；
我宁愿责怪他怠慢而不肯光临，
不惋惜他出了意外！

罗　　　　　　　　　　　　　　陛下，他不在，
咎在他自己失约。敢请陛下
入席赏光，使我们满座生辉。

麦　席上坐满了。

列　　　　　　　　　　给陛下还留了座位呀。

麦　在哪儿？

列　这儿，陛下。什么事把陛下惊扰了？

麦　你们当中谁这样干的？

众贵宾　　　　　　　　　　　　　什么，陛下？

麦　你总不能说我干的。不要对着我
摇晃你血污的头发。

罗　各位大人，起来吧。陛下病了。

麦夫人

请坐下，尊贵的朋友们。陛下常这样，
从小如此。请大家留坐原位。
这种发作是短暂的，只等一会儿
就会过去。你们要是太注意
一定会刺激他，发得更厉害。
尽管吃喝，不理他。——你是个男子吗？

麦　是，而且是好汉，胆敢面对
吓得了魔鬼的东西。

麦夫人　　　　　　　说得多好听！
这是你自己的恐惧画出的幻象。
这是你说过曾经领你去找顿肯的
空中匕首。这种胡叫乱动啊，
掩饰真恐惧，对于冬夜炉火边
一个妇女讲老祖母传下的故事
倒是挺合适不过了。真不怕害羞！
为什么你扮这种怪脸呢？说到底，
你无非看一张空凳子。

麦　　　　　　　　　　请看那里！

看啊！看！看！你怎么说？——
哼，我在乎什么？能点头，就开口呀！——
新坟旧墓一定得把我们埋掉的
送回人世呢，该就叫鹰鹫的肠胃
给死人作归宿了。

〔鬼魂下。

麦夫人　　还疯？全无人气了！
麦　算我身还在，信我眼曾见。
麦夫人　　不知羞！
麦　古时候，还没有法令保障文明，
人类互相残杀是家常便饭；
就是以后吧，骇人听闻的谋杀
也随时都会发生。往常的情况
照例是脑浆直流，一命呜呼，
人就完了。现在可还会起来，
尽管头上负二十处致命的伤口，

68　虽然未见标明或注出，此行应非对鬼魂说的，与下行不同（此行称“你”用“you”，下行对鬼魂称“你”用“thou”）。

70　“新坟旧墓”，原文为“尸骨窖和坟墓”，“尸骨窖”过去附建在教堂外，专贮藏挖掘新坟所发现的旧骸骨。

竟会来推人离座。这太奇怪，
超过了这样的一件谋杀案。

麦夫人　陛下，
高贵的朋友们正在等陛下呢。

麦　我忘了。
我最敬爱的朋友们，请不要惊怪。
我有一种怪病，熟人都知道
那没有什么。好，祝大家健康！
我就来坐下。给我倒上酒，要满杯。

鬼魂重上。

我祝在座的全体快乐无疆，
也祝亲爱的朋友，缺席的班珂。
但愿他在此啊！为大家，为他，请干杯，
大家来干杯。

众贵胄　祝陛下，祝大家健康！

麦　滚开，滚出我眼前！让土地掩住你！
你的骨髓干了，血液冷了，

你这两只眼睛，目光无神，
空瞪着干吗！
麦夫人　　　　　各位大人，请放心，
这是惯常的毛病，没有什么。
可惜给大家扫了兴，十分抱歉。
麦　什么人敢干的我都干。
你尽管变一只凶猛的俄罗斯大熊，
披甲的犀牛，咆跳的老虎，尽管来，
只要不象这样子，我筋肉坚定
决不会抖一抖。或者你重新活着
拿剑招我去荒野向我挑战吧。
我要是有半点颤栗，就宣布我是
少女的婴儿！滚开，狰狞的影子！
虚幻的幌子，滚开！

〔鬼魂下。

好！——消失，
我又是一个人样了。——请各位安坐。
麦夫人
你这样吓人的失态，糟蹋了欢聚，

破坏了盛会。

麦　　　　　　　发生了这样的怪事，
好象夏天的乌云忽然压过来，
能叫人不特别惊愕吗？你们真叫我
奇怪怎么忘记了我的本色了，
一想到你们能够看这种怪象，
竟然还保持脸上天生的红晕
而我却吓白了。

罗　　　　　　　　什么怪象呀，陛下？

麦夫人

请不要讲话了。他愈来愈不知所云了；
问话会使他更疯。向大家道晚安了。
大家可不必拘礼，顾什么顺序，
就随便快走吧。

列　　　　　　　　晚安；祝愿陛下
早复健康！

麦夫人　　　　竭诚祝各位晚安！

〔宾客及侍众下。

麦　杀人要流血；人家说，血债要血还。

听说过石头会转动，树木会说话，
鸦飞鹊噪、小是小非，都会来
传送征兆和线索，泄露血案的
最秘密不过的罪犯。夜已经多深了？

麦夫人
差不多和早晨交界了，不分彼此。

麦　麦克德夫拒命不来，有负盛意，
你说怎么样？

麦夫人　　　你派人去请了他没有？

麦　我偶尔听说；可是我决定派人去。
这批人当中没有一个人家里
没有我收买的仆人。明天我要
（而且要趁早）去找那三个女巫。
她们得多讲些；我现在不惜就从
最坏处探明最坏事。一切都不顾，
只求我自己的利益。在血泊深处
我已经踩远了，我要是不一直向前，
踩回来就会同踩过去一样可厌。

我心里有不少必须执行的念头，

免得会踌躇不决，得赶快动手。

麦夫人

你亟需生命所必需的调剂，睡眠。

麦　得，我们去睡吧。我疑神疑鬼，

是新手少磨炼，多畏惧这一点在作祟。

实践上我还幼稚哩。　　〔同下。

第五场　荒原。

雷鸣。三女巫上，会见黑开娣。

女巫甲

怎么样，黑开娣？看来你是动怒了。

黑　我没有理由吗，好放肆大胆，

你们丑婆娘？你们怎么敢

用哑谜和有关生死的天机
竟跟麦克白斯做起了交易，
我是管你们作法的头头，
一切灾祸的秘密主谋，
却不曾请去显一下神通，
表扬我们法术的光荣？
更糟是你们干得胡涂，
全都为一个不肖的门徒，
刚愎，狂暴，就象一般人，
只为的自己，不为你们。
及时补救吧。你们就上
冥河近边的岩洞中央
一早去会我。他会前来
求问他自己命运的安排。
你们把工具，把符咒，准备好，
一应俱全，要头头是道。
我就乘风去；今夜要一举
布置好一场悲惨的结局。

大事必须在午前完毕。
月牙的钩上挂了一滴
眼看要掉下的圆鼓鼓水珠。
我不等它掉地就把它抓住；
用魔术再把它提炼成精，
好把它用来唤鬼呼灵，
凭他们虚构幻变的力量，
进一步引导他晕头转向。
定叫他抗命运，轻死生，抛情理，
排疑惧，坚持他无望的希冀。
你们都知道过分自信
正是人类最大的敌人。

〔内歌声“来吧，来吧”，等。

听！叫我了。看我的小精灵
坐在云端里等我亲临。 〔下。

女巫甲

来，赶快。一会儿她就会回来。

〔同下。

第六场　福累斯。宫中。

列诺克斯与另一贵族上。

列　我刚才所讲的正合你自己所想的，
还可以进一步琢磨。我只是要说
事情处理得古怪，仁慈的顿肯
麦克白斯哀悼过。哼，他是死了啊！
勇敢的班珂是夜里在路上太晚；
你愿意也可以说是被弗利安斯杀了，
因为他逃了啊。你不该在路上太晚啊。
谁能够不想到那多么荒谬绝伦，
竟然是玛尔柯姆、多纳尔本两个
杀死了仁慈的父亲？该死的行径！
多么叫麦克白斯悲痛哪！他不是马上，
义愤填膺，宰了那两个罪犯，
酗酒昏睡以至失职的家伙吗？
干得不高贵吗？嗯，还干得太聪明了！

因为谁听到他们抵赖，谁都会
怒从心起动一手的。所以我说，
他什么都干得很好；我也想到，
万一他抓到（谢老天不让他抓住）
顿肯的那两个儿子，他们会饱尝
“杀父”的报应。弗利安斯也会如此。
这不提了。我听说是因为说话随便，
又因为拒不出席暴君的宴会，
麦克德夫受到了贬斥。大人能告诉我
他去了什么地方吗？

贵　　顿肯的儿子
被这个暴君篡夺了世袭的王位，
现在寄住在英格兰宫廷，受到了
虔诚的爱德华接待，非常优渥，
不幸的遭遇并没有减少半分
对他的尊敬。麦克德夫也去了那里
请求英格兰圣王出面来号召
诺萨姆伯兰人和他们英武的西瓦德

出兵援助，再加上苍的意旨
赞助这一番义举，我们会再度
使我们桌子上有肉，夜里有安睡，
筵席间不出现血腥的刀光剑影，
能真表忠心，安受善意的赏赐——
这一切正是我们现在渴求的。
这一个消息可把国王激怒了，
他准备作战哩。

列　　　　　　　　他派人去找过麦克德夫吗？

贵　他派过；回答是干脆的“老兄，我不去！”
满面愠怒的使者转身就走，
哼哼唧唧，好象说，“你会后悔
给了我难堪的复命”。

列　　　　　　　　　　这就大可以
叫他留神，尽可能想方设法
避开得远一点。愿有神圣的天使
快飞到英格兰宫廷，预先为他
传一个信息，以便福祉快一点

重临我们受一只毒手压制的

这一个苦难国家！

贵　　　　　　　　　　我为他祈祷。

〔同下。

第四幕

第一场　洞穴，中一大釜沸煮。

雷声。三女巫上。

女巫甲

斑猫已经叫了三番。

女巫乙

刺猬已经啼了四次。

女巫丙

人面鹰喊了；时候到，时候到。

女巫甲

绕着大锅把圈儿兜，

3 “人面鹰”，古希腊传说中女面鸟翅鸟爪的怪物，性残忍，此处本作专门人名用。“时候到，时候到”，或解作怪物喊声。以上三行无韵，每行各四音步。

4 以下原文咒语都是双行一韵重轻格四步，效果却合中文“七、九”言哼唱调，译文用四顿而以单音字收尾，以求效果相符。

毒肝毒脏往里边投。
冷石头底下癞蛤蟆睡大觉，
日夜泡过了三十又一遭，
熬出了满身的毒液和毒膜，
先把你拿来在锅里煮。

三女巫

加倍再加倍，劳身加劳神，
柴火在燃烧，锅汤在沸滚。

女巫乙

沼泽地小蛇切来肉一段，
投到锅里去熬熬又煎煎；
再加上壁虎眼、青蛙脚尖趾，
蜥蜴的腿条、鸥枭的翅，
蝙蝠的绒毛、恶狗的舌，
蝮蛇的牙齿、盲蛇的螫；
炼出的魔力大到可通神，
象煮地狱汤，沸滚又沸滚。

14—17　毒物名目，在咒语中原是随便凑韵，译文中顺序略有变动。

17　“牙齿”原为双舌叉。

三女巫

加倍再加倍，劳身再劳神，
柴火在燃烧，锅汤在沸滚。

女巫丙

毒龙的鳞甲、豺狼的牙，
女巫的僵尸、苦海的鲨
把什么都掠食鲸吞的肠和胃，
黑夜掘出的毒芹根一堆；
渎神的犹太人肚里的黑心肝、
山羊的苦胆。趁月食还没完
及时从坟头砍下的柏树枝；
土耳其鼻子、鞑靼人嘴唇皮；
卖淫妇偷生孩子在沟道里
狠心就把他掐死的毒手指：
把锅汤烧得浓浓厚，酽脂脂。
再添上一只老虎的肺腑，
加工，加料来煮成一锅糊。

18—21　原文收尾同译文一致，同韵同字。

30—32　原文三行同一韵。

三女巫

加倍再加倍，劳身又劳神，
柴火在燃烧，锅汤在沸滚。

女巫乙

再泼上满锅的猩猩血来一凝，
炼成的魔效就又好又坚定。

黑开娣上。*

黑　干得好！我赞扬你们的辛苦，
一定叫谁都分享到好处。
现在就唱歌，围大锅打转，
像小精小灵环绕成一圈，
催熟你们放进的东西。

〔乐声与歌声“黑精灵”，等。

---

* 或作，黑开娣及另三女巫上。

39—40　黑开娣韵语，原文与女巫不同，转轻重格四音步，译文以四顿双音节收尾，使调子稍变。

43　原文无韵。

〔黑开娣下*。

女巫乙

我的大拇指象挨了一针刺，

一定是什么坏东西要来此。

门锁开；

谁敲，来！

麦克白斯上。

麦　怎么样，你们这些幽秘的夜妖婆，

你们在干什么？

三女巫　　　　　　干一桩无名的事情。

麦　我召唤你们凭你们显出的法术

（不管从哪里知道的），好好回答我。

尽管你们放出八方风叫它们吹打

高耸的教堂，尽管汹涌的浪涛

把整批航行的船只都摧毁，吞没，

---

*　或作：黑开娣及另三女巫下。

尽管把麦苗吹倒，树根拔起，
尽管城堡坍下到守卫的头顶，
尽管王宫和金字塔把尖顶倾侧到
它们的台基；尽管大自然孕育的
全部宝藏都一齐摔碎个满地，
连毁灭都感到腻烦了——回答我的
问题。

女巫甲　　讲吧。

女巫乙　　　　　　问吧。

女巫丙　　　　　　　　　　我们会回答。

女巫甲

说，你要从我们的嘴里听到呢
还是从我们的上司？

麦　　　　　　　　　　　　召他们！要亲见。

女巫甲

吃过她九只猪仔的猪妈妈，
拿她血来浇；打从绞刑架
挤来的杀人犯身上的大肥油
浇火上。

三女巫　　不管天多高地多厚，

亲自来出马，好好显一手！

雷声。第一幽灵显为一戴盔人头。

麦　你这无名的法力，告诉我——

女巫甲　　他知道。

只管听他说，自己别唠叨。

第一幽灵

麦克白斯！麦克白斯！麦克白斯！当心麦克德夫；

当心法夫领主。放我走。够多了。　〔下。

麦　不管你是什么，我谢谢你的警告。

你一句说中了我的忧虑。再说说——

女巫甲

他是不受命令的。又来了一个，

法力还大过第一个。

雷声。第二幽灵显为一流血儿童。

第二幽灵

麦克白斯！麦克白斯！麦克白斯！

麦　我要是有三只耳朵，还是要听你说。

第二幽灵

要残酷，大胆而坚决；要冷笑来看准
人类的力量，女人生下的任何人
都伤害不了麦克白斯。　〔下。

麦　那就活着吧，麦克德夫。我何必怕你？
可是我还要使保证加倍的牢靠，
跟命运订一个契约。得叫你活不成！
好叫我可以骂胆小的恐惧是撒谎，
打雷也可以睡大觉。

雷声。第三幽灵显为一王冠儿童，手持一树。

这是什么呀，
升起来俨然是一位国王的后嗣，
娃娃的头上居然戴上了至尊的

圆顶？

三女巫　　只管听，可不要跟它说话。

第三幽灵

要有狮子的胆量和傲气，全不管
谁怨懑，谁恼怒，哪里在阴谋作乱。
麦克白斯永不会打倒，除非是这样：
蓓奈姆大树林竟能向顿西嫩高岗
走来反对他。　〔下。

麦　　那是永远也不能。
谁指挥得了森林，叫树木把深根
拔离坚固的土地？是祥兆，好！
叛乱休想能出头，除非能号召
蓓奈姆树林走路；高高在上，
麦克白斯会享天年，安然无恙，
寿终正寝。可是我的心还直跳，
急于想知道一件事。可不可见告
（要是你们能知道），班珂的子孙
会统治这个国家吗？

三女巫　　不要多追问。

麦　我定要追问个究竟。拒绝我，就活该
永恒的诅咒落你们头上！告诉我。
锅汤为什么不滚了？是什么声音？

〔双簧管乐声。

女巫甲　出来！

女巫乙　出来！

女巫丙　出来。

三女巫

出现给他看，叫他心苦痛！
来得象影子，象影子去无踪！

八王次第上，最后一人手持一镜；班珂鬼魂随后。

麦　你看来太象班珂的阴魂了。下去！
你这项王冠刺痛我眼睛。你呢，
另一个金箍头，头发也就象第一个。
第三个又象前一个。肮脏的丑妖婆！
为什么来这些？第四个？眼睛啊，跳出去！
怎么，这一列要伸到世界末日吗？

还有一个？第七个？我不要再看了。
又出现第八个，手里拿一面镜子，
给我照见了还有许许多；有的
我看见还拿着双金球和三重王节。
可怕的景象！现在我看是真的了；
看血凝发丝的班珂在对我微笑哪，
指他们是他的后代。

〔幽灵消失。

怎么？是这样吗？

女巫甲

是，大人，就是这样。
麦克白斯却为何这等惊惶？
来，姐妹们，来给他鼓兴，
表示我们最大的欢欣。
我就作法使空气奏乐，
你们手牵手环舞腾跃，

125—132　原文四音步偶韵抑扬格（译文中成四顿偶韵，以二单音顿收尾）与三女巫全场用韵语作扬抑格不一致，即此一点学者，例如吉特立其，认为也显出为别人窜加，如在剧中不少场合所示。唯此段尤为突出。此段果系窜加，则其中“伟大的国王”应指听众中的一位国王，非指麦克白斯（缪尔）。

让这位伟大的国王知道
我们尽了责为他效劳。

〔乐声。女巫起舞，随即消失。

麦 她们在哪儿？走了？叫这段时间，
恶毒透顶的，上历本受咒万年！
进来，外面人！

列诺克斯上。

列 陛下有什么吩咐？
麦 刚才看见了女巫吗？
列 没有，陛下。
麦 她们没经过你身边吗？
列 真没有，陛下。
麦 咒她们驾御的轻风毒气弥满，
谁相信她们就永坠地狱。我刚才
听见过快跑的马蹄声。是谁赶来了？
列 刚才是两三位使者来报告陛下

麦克德夫或去了英格兰。

麦　　　　　　　　　　　　逃去了英格兰？

列　是，陛下。

麦　〔旁白〕

时间，你赶在我下毒手的前头了。
要追上飞快的念头，唯有让行动
结伴同行。就从这一刻开始，
一定叫我的心所生的头胎儿就做
我的手所生的头胎儿。现在，用行动
来完成我的意愿，要想到就做到！
我要袭击麦克德夫家的城堡，
夺取法夫，叫他的妻子、儿女、
跟他有血缘的一切不幸的生灵
都死在刀下。不要做傻瓜夸大口！
趁念头没有冷以前，我就要动手。
不再看什么幻象了！——那几个使者呢？
来，带我去找他们。

〔同下。

第二场　法夫。麦克德夫家堡。

麦克德夫夫人、其子及罗斯上。

夫人

他干了什么，非逃奔国外不可呢？

罗　请夫人克制吧。

夫人　　　　　　　他可一点也不。

他逃跑是发疯。我们没有做亏心事，

我们害怕就成了叛徒。

罗　　　　　　　　　　　谁知道

他是出于明智呢还是害怕？

夫人

明智？把他的妻室，把他的儿女，

把他的府第，把他的爵位抛一边，

自己竟逃之夭夭！他并不爱我们，

他缺少天性的本色。可怜的鹪鹩

（鸟类中最小的）为她窠里的幼雏

也会坚持原位和鸱枭斗争啊。

全是害怕，一点也没有爱情，
毫不明智，因为他这样逃跑
违背了一切情理。

罗　　　　　　　　　我的好嫂子，
我求你克制。至于你的丈夫呢，
他高尚，明白，有真知灼见，最深晓
世态的无常。我不敢再多说什么了；
只是时代太残酷了，自己还不知道，
我们竟成了叛徒；我们信谣言
出于恐惧，我们却不知恐惧什么，
只像漂浮在风涛险恶的海上，
把不住一定的方向。我就此告辞了。
过不了多久，我就会重新来这里。
事情坏到底也就了，或者就翻转到
原来的状况。——我这个可爱的侄儿，
我为你祝福！

夫人
他是有父亲的，可是他没有父亲了。

罗　我要是待久了，就会成一个傻瓜。

那会使我失态，使你们难受。
我马上告辞了。　〔下。
夫人　嗨，你父亲死了；
你现在怎么办？你靠什么活命呢？
子　鸟一样。母亲。
夫人　什么，靠吃虫，吃飞蛾？
子　有什么吃什么，我是说；鸟儿就这样。
夫人
可怜的小鸟儿！你不怕罗网、粘胶、
陷阱和圈套。
子　我怕什么呢，母亲？
那些不是抓可怜的小鸟的。
不管你怎么说，我的父亲没有死。
夫人
不，他死了。你没有了父亲怎么办？
子　我倒要问：你没有了丈夫怎么办呢？
夫人
嘿，我可以上市场买他二十个。

35—36　照各“对折本”与现代个别版（缪尔）分行，行 36 为短行。

子　那么你买了又会卖的。

夫人

亏你说得用尽了小聪明，

可是对你说来也真够聪明了。

子　我的父亲是一个叛徒吗，母亲？

夫人

嗯，他就是。

子　什么叫叛徒？

夫人

叛徒是起誓而说谎的人。

子　这样做的人都是叛徒吗？

夫人

谁这样做了就是叛徒，

都得绞死。

子　凡是赌咒、撒谎的都得绞死吗？

夫人　都得绞死。

42—43　分行照“对折本”与现代缪尔本，都是短行。以下各行多半长短不齐，直至孩子所说纯属散文。

49—50　照“对折本”分行，本不协律，从十八世纪蒲伯版起，都作散文排列。

子　谁去绞死他们呢？

夫人　哎，那些诚实人呀。

子　那么撒谎、赌咒的都是傻子；因为撒谎、赌咒的有那么多人，满可以打败诚实人，把他们绞死呀。

夫人

得了，上帝保佑你，可怜的小猴精！
可是你没有了父亲怎么办？

子　他果真死了，你会哭他的。如果你不哭，那就是个好兆头，我该快就会有一个新父亲了。

夫人　可怜的小油嘴，瞧你胡说！

一使者上。

使　祝福美丽的夫人！你并不认识我，
我倒充分认识夫人的尊荣。
我怕夫人就要有极大的危险了。
如不嫌微贱，愿接受我的忠告，

57—58　照原“对折本”及现代吉特立其本分成两行，蒲伯起后世版本一般都排成散文。

请赶快躲开，带了你的小儿女！
我这样惊了你，我看已经够忍心了；
要加害于你，更是极顶的残酷，
那可是近在眼前了。天保佑你！
我不敢多留了。　　〔下。

夫人　　我逃到哪里去呢？
我没有做过坏事呀。可是我记起来了，
我是在这个世界上，在这里做坏事
是常受表扬的，做好事有时候却要算
做了危险的蠢事。那么，唉，
我为何还拿出女人气费话辩护说
我没有做过坏事呢？——这些是什么人呀？

刺客数人上。

刺客　你的丈夫在哪里？

夫人
我希望他不在你们找得到他的
任何鬼地方。

刺客　　　　他是一个叛徒。

子　你胡说，蓬头的恶棍！

刺客　　　　　　　　什么，娃儿！　　　　〔行刺。

好一个孽种！

子　　　　他杀死我了，母亲，

快逃啊，我求你！　　　　　　　　　　　〔死。

〔夫人急下，口喊“杀人了！”刺客追逐下。

第三场　英格兰。王宫前。

玛尔柯姆与麦克德夫上。

玛　我们找一处僻静的树荫，到那里

哭干净胸中的悲哀吧。

麦克德夫　　　　　　　我们还是

紧握利剑，当仁人义士来卫护

我们遭劫的祖国吧。每一个新早晨

就有新寡妇号啕，新孤儿啼哭，

新悲痛捶天，天也作出了回应，
仿佛和苏格兰感受一致，放出了
同样的悲声。

玛　　　　　　　　我相信的事情，我会哭；
我知道的事情，我会信；我能匡正的，
只要我一看到时机有利，我会干。
你讲的也许是事实。这一个暴君，
一提起名字就害我们舌头长泡的，
曾经有正直的名声；你也曾对他好；
他还不曾害过你呢。我年轻；可是你
可能会利用我向他邀功，把一只
孱弱、可怜、无辜的羔羊献祭
给一个暴怒的神祇，该是够聪明的。

麦克德夫

我并不奸诈。

玛　　　　　　　　麦克白斯可就是的。
善良、忠厚的人品；一奉圣旨，
可能会倒转的。可是我求你原谅

你实际是怎样，不是我猜度能改变的。
天使还是光明的，虽然最光明的堕落了。
虽然邪恶的东西总要扮仁慈的面孔，
仁慈的总显出仁慈。

麦克德夫

我的希望落空了。

玛　也许就这点引起了我的怀疑。
你为何不告而别，把你的妻儿，
那些宝贵的动力，坚固的爱结
一下子抛给了险恶的处境。我请你
别认为我猜疑是为了毁你的荣誉，
我是为自己的安全。你也许是正直的，
不管我怎样想。

麦克德夫　　　　流血吧，可怜的祖国！
窃国大盗，就打牢你的基业吧，
好心人不敢诛伐你呀！你保持赃物吧；
你的尊号是拿稳了！再见，殿下。

---

22 “最光明的”天使指反叛天帝失败的天使长路西弗。

我决不做你所想象的坏蛋，哪怕换
那个暴君所掌握的全部土地
再加上富庶的东方。
玛　　　　　　　　　　　　请不要动气。
我说话并非全为了对你不放心。
我想到祖国深受暴政的制压，
流泪，流血，每一天来一道新伤口
加重满身的旧疮痍。我也想到
总有许多人为我的王权起义；
而这里英格兰圣王已经慨允我
出几千精兵了。可是，尽管如此，
一旦我脚踏那个暴君的头颅
或者剑挑它以后，可怜的祖国
还会比原先滋长更多的罪孽，
更受苦，更花样百出，叨光了
新来的继位人。
麦克德夫　　　　　　　哪还能有这样人呢？
玛　我是指我自己；你知道，我的身上
深深种下了各色各样的恶德，

一朝揭开来一比，乌黑的麦克白斯
会象白雪样皎洁，可怜的国民
会看他是一只绵羊，只要比一比
我那些无限的暴虐。

麦克德夫　　　　　　　狰狞的地狱里
也都出不来一个万恶的魔鬼
会超过麦克白斯。

玛　　　　　　　　　我承认他杀人不眨眼，
骄奢淫逸、贪婪、虚伪、奸诈、
无端狂暴、恶毒、叫得出名字的
每一种罪孽都会犯。我的纵欲
可没有尽头，没有。你们的妻女、
你们的女管家、女仆，都不能填满
我深到无底的欲壑，而我的欲望
决不受任何制约，会冲决一切
阻挠的堤防。这样一个人当朝，
还不如麦克白斯好。

麦克德夫　　　　　　　无限的放纵，
是对人性的施行暴政。这曾经

促使幸福的宝座太早出空、
许多国王的垮台。可是也不要怕
取得你应有的东西。你可以设法
充分享受丰富多采的欢乐
而装得一本正经，掩人耳目。
我们那里有的是情愿的女子。
你的一张饿鹰的馋嘴也吞不了
那么多向富贵尊荣竞来献身的
国色天香哪。

玛　　　　　　　就跟这一点一起，
在我邪门歪道的心性里还长出
不知餍足的贪欲，我当了国王，
一定要铲除贵族，夺他们土地，
强要这个的珠宝，那个的房屋，
我占有多了，就象加了油、加了醋，
刺激我渴望更多，以致我定会
捏造种种罪名来陷诬忠良
为财富而消灭他们。

麦克德夫　　　　　　　这一种贪欲

扎根就更深了，根上还更加有毒，
不比青春年少的肉欲；它做过
多少次杀王的毒剑。可是不要怕。
苏格兰有的是财物可以满足你，
是归你所有的。只要有美德来平衡，
这些缺点就无足轻重。

玛　可是我全没有王者应具的美德，
什么公平呀，真挚呀，节制呀，稳健呀，
还有宽洪呀，坚毅呀，仁慈呀，谦虚呀，
再加上虔诚呀，耐性呀，勇敢呀，刚强呀，
全与我无缘。要数各门的恶德，
我倒是门门俱全，样样丰富，
多方面会表现。嗯，我一旦当权，
我定把谐和的甜奶倒进地狱，
搅混世界的和平，摧毁地球上
所有的协调。

麦克德夫　　　　啊，苏格兰，苏格兰！

玛　这样一个人还适于统治吗，你说。
我就是我说过的这样。

麦克德夫　　　　　　　　　　　　适于统治?

不，生存都不适宜。悲惨的国家啊，
让一个篡位人手持血染的王笏，
你要到什么时候才重见天日呢，
既然是你这个王位的最合法继承人
亲口把自己排在犯禁的罪人内，
亵渎了自己的门第哪?你的父王
是最为圣洁的国王；生你的王后
在世的时候，朝夕都跪祷上帝，
每天过弃绝尘世的日子呢。再见!
你自己满口供认的这种种罪孽
把我从苏格兰放逐了。我的胸怀啊，
希望完结了!

玛　　　　　　　　　　麦克德夫，你这种激情，

很高尚，出于正直，已经扫空了
我心上乌黑的疑虑，使我深信了
你的真心和真话。麦克白斯这魔鬼
用过许多这一类圈套，想使我
落到他手中，幸亏审慎阻制了

我轻信上当；可是愿上帝在上
在你我之间作见证！从现在开始，
我全心全意听从你的指导，
撤销我对自己的诽谤，在此
声明我归咎自己的一切污点
全都和我的本性无缘。我至今
还不知男女事，从不曾背过信誓，
甚至还难得贪占自己的东西，
从没有失约的时候，连魔鬼
我都不肯出卖给他的伙伴，
爱真理不下于生命。第一次说假话
就是我这次骂自己。真我是属于你
和我可怜的祖国，听你们指挥；
说到这一点，在你来到以前，
老西瓦德实在已经带一万名精壮，
装备齐全，正在出征的路上了。
我们就一同去；愿我们义举堂皇
保我们胜利辉煌！你怎么不说话？

麦克德夫

象这样好消息坏消息一齐传来，

实在是难于融通呀。

一医生上。

玛　　　　　　　　　　得，回头再说。

请问王上是不是出来了？

医　出来了，殿下。外边有一群可怜人

等待他治疗呢。他们那种病使医术

用尽最大的努力也束手无策；

他却有一手天赐的神力，一点触，

就马上把病治好了。

玛　　　　　　　　　　谢谢大夫。

〔医生下。

麦克德夫

他说的是一种什么病？

玛　　　　　　　　　　叫作瘰疬；

这位好国王有一手神奇的本领，

自从我到英格兰以来，我常见

他施展一番。他怎样祈求上天
只有他自己知道；害了怪病的，
浑身发肿，溃烂，真惨不忍睹，
外科手术怎样也不能治，他能治，
他在病人的颈脖上挂一块小金币，
嘴里念念祈祷词就行；据说，
他把这个治病的神方留给了
继位的王室。除了这一个特长，
他还有一种天赐的预言禀赋，
而多种福祉环拱着他的宝座，
表明他满身是美德。

罗斯上。

麦克德夫　　　　　　　谁来了。
玛　我的本国人；我可还不认识他是谁。
麦克德夫
　我的好表弟，欢迎你到这儿来。
玛　我现在认识了。好上帝快消除

使我们变路人的障碍吧！

罗　　阿门，殿下。

麦克德夫

苏格兰还那样吗？

罗　　唉，可怜的祖国，

它几乎不敢认自己了！它不能再叫作

我们的母亲，只是我们的坟墓了，

那里只有胡涂人才会有笑脸；

悲叹、呻吟、震破天空的号叫

听惯了，引不起注意；剧烈的悲痛

变成了家常的激动。谁听到丧钟

难得问这是为谁敲的；好人的生命

不等帽子上鲜花枯萎就消失了，

未病先死。

麦克德夫　　啊，讲得太细了，

可是太确实了！

玛　　最近有什么痛心事？

罗　一小时以前的新闻就令人厌听；

每分钟都会出新变故。

麦克德夫　　　　　　　　我内人怎样了？
罗　呃，安好。
麦克德夫　　　我那些孩子呢？
罗　　　　　　　　　　　　　也安好。
麦克德夫
　　暴君并没有砸烂他们的安宁吗？
罗　没有；我离开他们的时候还平安。
麦克德夫
　　请不要吞吞吐吐。究竟怎样了？
罗　当我带了非常沉重的消息
　　前来报告的时候，听到谣传说
　　许多有威望人士已经起义；
　　我相信这是确实的，因为我亲见
　　那个暴君的兵力已经出动了。
　　现在是挽救的时候了。殿下在苏格兰
　　一亮相，义旗就纷举，妇女也起来
　　为解除苦难而作战。
玛　　　　　　　　　　　叫他们放心吧，
　　我们正要去。仗义的英格兰国王

已经慨借西瓦德和一万大军；
所有基督教国家都出不了比这位
更老练，更好的大将。
罗　　　　　　　　　　　但愿我能回报
同样的好消息啊！无奈我有一些话
只配在荒无人烟的地方喊喊，
明谁也听不见。
麦　　　　　　　　那是有关什么的？
事关公家的大业？还是私家的惨痛，
归个人负担的？
罗　　　　　　　　凡是善良的心灵
都分担悲痛的，只是最切身一份
就牵涉你自己。
麦克德夫　　　　　如果是关于我自己的，
不要瞒过我，赶快明白告诉我。
罗　让你的耳朵不从此恨我的舌头，
因为它使你听到闻所未闻的
最惨的声音。
麦克德夫　　　　哼！我已经猜到了。

罗　你家的城堡被袭击，你的妻、儿
都被杀戮了。要讲当时的惨状，
会等于在这些受害亲属的尸堆上
再加上你自己一个。
玛　　　　　　　　　　慈悲的老天啊！
好汉！别拉下帽檐掩你的面额，
用话来倾吐悲伤吧。无言的悲痛
向满怀伤痛去低诉，会催人心碎。
麦克德夫
我的子女也杀了？
罗　　　　　　　　　家小婢仆，
见一个杀一个。
麦克德夫　　　　　我自己却非得逃命？
我内人也杀了？
罗　　　　　　　　我讲了。
玛　　　　　　　　　　　　宽心吧。
让我们就用大举复仇做药剂
来治疗这个惨极的悲痛。

麦克德夫

他没有子女。我的全部小宝贝吗？

你说是全部吗？地狱的恶鹰！全部？

我全窠娇好的小雏儿和他们母亲，

凶狠的一扑里全给抓掉了？

玛　拿出男子气来顶。

麦克德夫　　　　　我会这样；

男子汉就是人，我也有另一面感情。

我不能忘怀对我最为宝贵的

当年的情景。难道天看在眼里

却不肯帮一手吗？罪恶贯盈的麦克德夫，

他们都为你丧命！我才是恶汉，

他们自己是无辜，只因为我有罪，

才无端遭劫。天保佑他们安息吧！

玛　这就做你磨剑的石头吧。化悲痛

为愤怒；别把心挫钝，激起它发火！

麦克德夫

噢，我可以用眼睛扮妇女的角色，

用舌头夸大口！可是仁慈的上天，

请截断任何间歇。立即叫这个
苏格兰混世魔王来跟我面对面，
剑对剑相接！万一我让他逃走了，
天也就饶恕他！

玛　　　　　　　这说得才象男子汉。
来，我们去见王上。兵刀齐备，
我们只欠告辞了。麦克白斯烂熟了
经不起一摇，上天准备好装备
就要诛伐了。能开怀就只管欢畅，
见不到白天的黑夜才真算漫长。

〔同下。

第五幕

第一场　顿西嫩。堡中一室。

一医生与一侍嫔上。

医生　我已经陪你看守了两夜了，可还没有见什么动静能证实你的报告。她上次是什么时候起来走动的？

侍嫔　自从陛下出征了，我见过她从床上起来，披上睡袍，开启壁橱，取出纸，折好，写些字，读读，然后封好，重新上床；可是她干这一套的时候，都是睡得很熟。

医生　身心大失常态，一方面享受睡眠，一方面还做醒着时候的事情！她这样睡不安静，除了走路和别些动作以外，你可曾听见她说过什么？

侍嫔　这，大夫，我可不能转述。

医生　你对我，该说；你最应当如此。

侍嫔　既不能对你也不能对任何人说，因为我说的得不到旁人的见证。

麦克白斯夫人持烛上。

你看！她来了。她就是这副样子；我敢发誓说，她还在熟睡。观察她；站开一点。

医生　她怎么拿到那支蜡烛的？

侍嫔　啊，本就点在她的床头；她床边要通宵点灯；这是她的命令。

医生　你看，她的眼睛是开的。

侍嫔　对；视觉可是闭的。

医生　她现在是干什么呀？看，她正在擦手。

侍嫔　这是她的一个习惯动作，像这样尽是洗着手。我见过她这样继续一刻钟。

麦夫人　还有一点痕迹。

医生　听！她说话了。我要记下她说的什么，以佐证我的记忆。

麦夫人　去，可恶的斑点！去，我说！一；二。啊，那应该是干的时候了。地狱是黑暗的。呸，老爷，呸！身为军人，还害怕？我们怕什么人家会知道，既然谁也不敢考问我们的威力？可是谁会想得到老头儿身上有这么多血？

医生　你听见了吗？

麦夫人　法夫领主原有个夫人。现在她在哪里？怎么，这双手永远洗不干净了？别再来这一套，别再来这一套！你这么惊慌，把什么都搞糟了。

医生　够了，够了！你已经知道了你不该知道的事情。

侍嫔　她已经说了她不该说的事情，我深信不疑。天晓得她知道的什么。

麦夫人　这上面还有血腥味。阿拉伯所有的香料都再也熏不香这只小手了。噢，噢，噢！

医生　好沉痛的叹气啊！心上承受了太重的负担。

侍嫔　我胸怀里真不愿装这么一颗心，即使为了全身的尊荣。

医生　好了，好了，好了。

侍嫔　但愿如此，大夫。

医生　这种病不是我的医术所能治。可是我知道有些人睡梦中走动过的，还是心安理得，寿终正寝。

麦夫人　你去洗洗手，披上睡袍；别这样显得面无人色！我对你再说一遍，班珂已经埋葬了。他不能从坟墓里出来了。

医生　竟至于如此？

麦夫人　上床去，上床去！大门上有人敲门。来，来，来，来，伸过手来！干了就不能挽回了。上床去，上床去，上床去！

医生　现在她就要回床上去了？

侍嫔　马上就要去。

医生

外边暗传着流言。反常的行为
会产生反常的骚乱。染病的心灵
会对聋枕头倾吐它们的秘密。
她需要圣职人员，不需要医生。
上帝啊，宽恕大家吧！好好看顾她；
别让她接近一切伤身的凶器，
随时要当心看着她。好吧，夜安。
她叫我看了眼呆，想了心乱。
我想了，可不敢乱说。

侍嫔　　　　　　　　夜安，好大夫。

〔同下。

第二场　顿西嫩附近野外。

门太斯、凯斯内斯、安格斯、列诺克斯及

士兵摇旗击鼓上。

门　英格兰部队迫近了，玛尔柯姆带领，
还有他舅父西瓦德，还有麦克德夫。
复仇的怒火点燃了刻骨的义愤，
会激起麻木不仁的都起来响应
流血的号召。
安　　　　　　靠近蓓奈姆森林
我们去和他们会师；他们从那里来。
凯　可知道多纳尔本会跟他兄弟在一起？
列　我确知他不来。我有张名单，列举了
全军的将领，其中有西瓦德儿子
和许多还没长胡子的儿郎来宣告
他们的成年。
门　　　　　　暴君有什么行动？
凯　他正把顿西嫩大堡坚固设防。

有人说他疯了；不太恨他的别人
称之谓强悍的发作；千真万确是，
他无法用理性节制的腰带来约束
他腹胀水肿的邪道。

安　　　　　　　　现在他感觉
他那些秘密谋杀案粘住双手了。
每分钟反乱都谴责他背信弃义。
受命于他的都只是奉命行事，
不出于忠诚。他如今感到尊号
松戴在他头上，就象巨人的袍子
披罩了侏儒小偷。

门　　　　　　　　那么谁还能
怪他苦恼的心灵错乱失常，
既然他心里的一切都在谴责
自己的存在。

凯　　　　　　　得，我们前进去，
听从真正该我们听从的命令。
我们去迎接医治国运的良药，
和他同为祖国的清洗流我们

每一滴热血。

列　　　　　　或者正如所需要，
滋润至尊的鲜花，淹没毒草。
我们向蓓奈姆进军。

〔整队行进下。

第三场　顿西嫩。堡中一室。

麦克白斯、医生及侍众上。

麦　不要再向我报告了。让他们全逃吧！
除非蓓奈姆森林移到顿西嫩，
我不会害怕。玛尔柯姆这小子算什么？
他不是女人生的吗？预知命运的
那几个精灵早向我明白宣布了
“别害怕，麦克白斯。凡是女人生下的，
都不能伤害你。”逃吧，反叛的领主们，

就跟那些英格兰吃喝鬼厮混去。
我的头脑决不为疑虑所困惑，
我的心决不因恐惧而抖抖嗦嗦。

一仆人上。

让魔鬼抹黑你这个苍白脸蠢材！
你哪儿捡来的呆鹅相？

仆　有一万——

麦　　　　　呆鹅吗，奴才？

仆　　　　　　　　　　　　兵将，陛下。

麦　去把脸刺刺，染红你吓白的面颊，
你这胆小鬼。什么兵将呀，蠢货？
该死！你这副白布一般的脸色
白白害别人惊慌。什么兵呀将？

仆　英格兰军队，禀陛下。

麦　你这灰白脸滚开！

〔仆人下。

瑟敦！——我心慌，
只一见——喂，瑟敦！——这一场决战
不使我从此放心就使我垮台。
我已经活得够长了。我的生涯
已经萎缩成枯干焦黄的败叶；
照例该伴随老年的一切享受，
尊荣、敬爱、服从，大群的友朋，
我没有希望得到了；而只能博得
低声而深沉的诅咒，口头的恭维，
心不肯说、嘴不能拒的吹嘘。
瑟敦！

瑟敦上。

瑟　陛下有什么吩咐？
麦　有什么新消息。
瑟　刚才报告的，陛下，都已经证实。
麦　我要作战，直打到粉身碎骨。
拿我的铠甲给我。

瑟　　　　　　　　　现在还用不着。

麦　我要把它披起来。
派出更多的骑兵，巡逻全境。
谁说怕就绞死。把我的铠甲给我。
病人怎样了，大夫？

医生　　　　　　　　　没什么，陛下，
她只是受重重的非非妄想的困扰，
得不到安宁。

麦　　　　　　　　就把她这一点治好！
难道你不能调理一种心病，
拔除记忆里扎根的一种忧愁，
抹掉脑筋上写下的重重烦恼，
下一种使人忘记不快的对症药
清涤净堵塞胸怀、重压心头的
那种积毒吗？

医生　　　　　　　这一点就得靠病人
自己调养了。

麦　那就把医术喂狗去，我不理这一套！——
来，帮我穿铠甲。给我拿指挥棒。——

瑟敦，派出去。——大夫，领主们背逃了。——
快点。——大夫，你倘能为我的国土
化验化验水，找出它的病源，
加以疏导，恢复它原有的健康，
我定要就对回音天大声赞扬你，
好叫你反复受赞扬。——解开来，看。——
什么大黄、蓬大海，什么清泻剂
能排清这些英格兰人？你听见没有？

医生

是，陛下。准备作御驾亲征，
使我有所闻了。

麦　　　　　　　　把铠甲带来！

我决不怕什么死亡与灾难，
除非蓓奈姆森林搬来顿西嫩。

〔医生外齐下。

医生

要是我能从顿西嫩远走高飞，
高官厚禄也休想招得我重回。

〔下。

第四场　莕奈姆森林不远处野地。

鼓声旗影。玛尔柯姆、西瓦德、麦克德夫、西瓦德子、门太斯、凯斯内斯、安格斯、列诺克斯、罗斯及士兵列队行进上。

玛　老表们，我料想家室安全的日子
　　已经是近在眼前。
门　　　　　　　　毫无疑问。
西　前面是什么树林？
门　　　　　　　　莕奈姆森林。
玛　每一个战士自己砍下一枝来，
　　撑在身前。这样子我们好荫蔽
　　我们的兵力，好叫敌人的侦察兵
　　回去报告出差错。
士兵　　　　　　　一定照办。
西　我们只得知那个自信的暴君
　　稳守顿西嫩不出，一心防备
　　我们去围攻。
玛　　　　　　这是他一线希望；

因为只要是一得到方便的机会，
不论贵贱的部下都纷纷背叛他；
只有傀儡们才勉强还为他效劳，
心可也离了。

麦克德夫　　　　且让我们的估计
等结果证实吧，我们来奋发坚毅的
军人本色。

西　　　　　　　紧要的关头临近了，
一切会分晓，我们会确切知道
什么是我们自诩的，什么是掌握的。
推测还只是悬而未决的希望，
得由实战来决定明确的收场；
进行决战去！

〔列队行进下。

第五场　顿西嫩堡内。

麦克白斯、瑟敦及士兵随旗鼓上。

麦　登上外墙头挂出我们的旗帜。
总是喊，“他们来了！”城堡有力量
蔑视围攻。让他们在外边扎寨
直到饥饿同瘟疫把他们吞尽。
要不是他们得到了倒戈的支援，
我们尽可以面对面迎战他们，
把他们打回去。

〔内妇人号哭声。

那是什么声音呀？

瑟　那是妇女们哭叫的声音，陛下。　〔下。

麦　我几乎忘记了恐惧是什么滋味。
我从前也曾经听一声夜里的尖叫
就惊得发呆；听一篇吓人的故事，
浑身的毛发，仿佛根根是活的，
一下子耸立了。我已经饱尝了恐怖。
我的习惯于杀戮的思想全不受
惨象的惊动。

瑟敦上。

为什么那样哭叫？

瑟　陛下，王后死了。

麦　她总不免要一死；
总有一天会听到这么一句话。
明天，又一个明天，又一个明天，
一天天搬着这种琐碎的脚步
直到有记录时间末一个音节；
我们的昨天全部给傻子们照明了
入土的道路。熄了吧，熄了吧，短蜡烛！
人生只是个走影，可怜的演员，
在台上摇摆了，暴跳了一阵子以后
就没有下落了。这是篇荒唐的故事，
是白痴讲的，充满了喧嚣和狂乱，
没有一点儿意义。

一使者上。

你是来用你的舌头的。话就快说！

使者

陛下在上

我该报告我以为我所看到的，

可是不知道怎样说。

麦　　　　　　　　　　得，你说呀！

使者

当我站在山头上放哨的时候，

我守望蓓奈姆，马上我以为看见

树林开始移动了。

麦　　　　　　　　　撒谎的奴才！

使者

倘并非确实，我甘受严厉的惩处。

三英里之内就能看见它来了，

我是说这一个移动的树林。

麦　　　　　　　　　　　　　说了谎，

你就得活活吊到近旁的树梢，

饿瘪成一张皮。如果你说的是真，

我也不在乎你把我作同样处理。

我不再放纵信心和决心，开始

怀疑魔鬼那一番模棱两可的言语，
说假充真。“除非莕奈姆森林
走到顿西嫩！”现在好，一个树林
来到了顿西嫩。披挂，上阵，出击！
倘使他预言的这等事果然发生，
那么逃既逃不脱，留也留不成。
我如今开始对阳光感到厌倦，
但愿世界的秩序重归混乱。
敲响警钟！风来刮，毁灭来称霸，
我们一死也至少披了铠甲！

〔齐下。

第六场　顿西嫩。堡前。

鼓声旗影。玛尔柯姆、西瓦德、麦克德夫及其部队披树枝上。

玛　现在够近了。抛下枝叶的伪装，
亮出你们的真相。尊贵的大舅爷，
同舅爷高贵的儿子，我的小表弟，
带第一分队。尊贵的麦克德夫
和寡人就照已经作好的安排，
负责其余的作战任务。

西　　　　　　　　　　再见。
只要今晚上找到暴君的部队，
我们倘不善作战，就死而无悔。

玛　我们用足衷气来吹遍军号，
雷动般给敌人送流血、死亡的征兆。

〔齐下。号角声不绝。

第七场　顿西嫩堡前另一处。

麦克白斯上。

麦　他们把我系到了桩子上。逃不了，
我可得象大熊一样斗下去。谁不是
女人生下的？除非有一个例外的，
我一个也不怕。

小西瓦德上。

小西
你叫什么名字？
麦　你一听会吓死。
小西
胡说；尽管你自取的名字比地狱
还凶恶也罢。
麦　我的名字是麦克白斯。
小西
魔鬼自己也叫不出一个名字
使我听来更可恶。
麦　不，更可怕。

1—2　英国古时盛行斗熊游戏，系熊于桩，放猎犬围攻。

小西

你瞎吹，万恶的暴君！我就用剑
证明你撒谎。

〔交锋，小西瓦德被杀。

麦　　　　　　　　你原是女人生下的。
随你是什么样好汉，舞剑挥刀，
是女人生下的，都不值我冷眼一笑。　　　〔下。

号角声。麦克德夫上。

麦克德夫

杀声朝那边去了。暴君，露脸呀！
要是你被杀而不死在我的刀下，
我妻室儿女的阴魂永远会缠我。
我不能砍杀可怜的刻恩兵，他们是
雇来扛枪的。不跟你交上手，麦克白斯，
我宁愿把我这把剑，保持锋芒，
插回剑鞘。你该正是在那边了。
这一片呐喊声象宣布最热闹场面

正是在那里。让我找到他，幸运啊！
我不再求别的了。

〔下。号角声。

玛尔柯姆与西瓦德上。

西　这边来，殿下。城堡轻易投降了：
暴君的臣民分站到作战的双方；
高贵的领主们战斗中人人奋勇；
胜利归殿下，差不多已成定局，
只待收拾了。
玛　　　　　　我们也遇到过敌人
只虚晃一枪。
西　　　　　　殿下就请进城去。

〔齐下。号角声。

第八场　顿西嫩堡外另一处。

麦克白斯上。

麦　我为何该学罗马那些傻好汉
拔剑自刎？敌人在眼前，我宁愿
叫他们溅血。

麦克德夫上。

麦克德夫　　　　回来，地狱狗，回来！
麦　别的人都上来也罢，我就回避你，
你回去！我心上早已装满了
你一家鲜血。
麦克德夫　　　　我没有什么话可说；
我让剑说话，你这个血腥的恶棍，
恶名都不够叫你。

〔交手。

麦　　　　　　你白费气力。
你休想叫我流血，就象你休想
把刀剑不伤的空气劈出血痕。
让你的刀锋落到别人的头上吧。
我自有魔法护命，女人生下的

谁也伤不了。

麦克德夫　　　　别再信你的魔法了！

让你一直信奉的魔王告诉你

麦克德夫是从他的娘胎里不足月

剖出来的。

麦　我诅咒告诉我这样的那副口舌，

可恨它挫折了我的男子汉勇气！

还听信什么这些妖魔的播弄，

听任他们模棱两可的摆布人家，

许诺的语言叫我们听得称心，

白抱希望！我不愿跟你交手！

麦克德夫

那就投降吧，懦夫，

活下狗命来向全世界示众！

我们要把你当稀有怪物画下像，

高挂竿头，底下写那么一行：

“来此可一看暴君”。

麦　　　　　　　　　　我决不投降，

低头吻玛尔柯姆这小子脚底的泥土，

招来下贱小百姓围观唾骂。
尽管蓓奈姆森林来到了顿西嫩，
撞上的你又不是女人生下的，
我还要作最后一拼。我挺身而出，
挥开我威武的盾牌。来，麦克德夫！
谁先说“住手”，下地狱万劫不复！

〔且战且下。号角声。

第九场　顿西嫩堡内。

奏军乐。玛尔柯姆、老西瓦德、罗斯、众领主、
众士卒，击鼓扬旗上。

玛　我希望不在场朋友都安全到来。
西　总不免有牺牲；就我目前所见，
这一场大胜仗赢得十分便宜。
玛　麦克德夫失踪，还有高贵的令郎。

罗　老将军，令郎已经克尽了军人的厥责。
他只长到刚刚成人的年龄，
就以英勇证明了他是须眉汉，
不畏顽强，勇往直前去迎战，
不幸壮烈捐躯了。
西　那是说他死了？
罗　是的，抬离了战场。老帅的哀痛
决不可与他的价值来衡量，因为
那没有尽头。
西　他伤口是在前边吗？
罗　是的，在额上。
西　他就做上帝的战士吧！
如果我有头发一样多儿子，
我不会期望他们死得更光荣。
这就算敲了他丧钟了。
玛　他更值得
我为他隆重举哀。
西　他不值更多了。
人家说他结局很好，结清了账目了。

愿上帝和他同在吧！又来了新喜讯。

麦克德夫携麦克白斯首级上。

麦克德夫

陛下万福！殿下是国王了。请看
篡位贼狗头在此。江山重振了。
陛下周围拥立着全国的精英，
心里都显然在同我一起致敬礼；
我希望大家和我同声高喊——
万福，苏格兰国王！

全体　　万福，苏格兰国王！

〔喇叭奏乐。

玛　多承拥戴，我不能多费时间
报答列位一致的耿耿忠心
使我心安理得。领主们、亲人们，
今朝都封为伯爵，这是苏格兰

21　“重振”原文为“自由”，亦即今日所说的“解放”，与原文相应，甚至可译为老话“天下太平”。

第一次用这个封号。剩下要做的，
有许多除旧布新而应做的事情——
例如要招回流亡在外的朋友们，
当时是逃离暴君的罗网而出走的；
要揭发死了的屠夫和他的魔王后
（据说她是亲自用一双毒手
把自己惨杀身亡的）他们手下的
残酷的帮凶——这些以及其它
需要我处理的，当按上帝的旨意，
分别轻重缓急来适当处理。
现在就谢谢大家的相助相勉，
请各位去斯柯恩参加我加冕大典。

〔军号奏乐。全下。

文
景

社科新知 文艺新潮

Horizon

莎士比亚悲剧四种

［英］威廉·莎士比亚 著

卞之琳 译

出 品 人：姚映然

责任编辑：李 琬

营销编辑：杨 朗

装帧设计：山 川

出 品：北京世纪文景文化传播有限责任公司

（北京朝阳区东土城路 8 号林达大厦 A 座 4A 100013）

出版发行：上海人民出版社

印 刷：北京盛通印刷股份有限公司

制 版：北京大观世纪文化传媒有限公司

开 本：890mm × 1240mm 1/32

印 张：28 字 数：394,000 插页：8

2021 年 9 月第 1 版 2021 年 9 月第 1 次印刷

定 价：308.00元

ISBN：978-7-208-16993-7/ I·1947

图书在版编目（CIP）数据

莎士比亚悲剧四种 /（英）威廉·莎士比亚 (William Shakespeare) 著；卞之琳译. — 上海：上海人民出版社，2021

ISBN 978-7-208-16993-7

Ⅰ. ① 莎… Ⅱ. ① 威… ② 卞… Ⅲ. ① 悲剧 – 剧本 – 作品集 – 英国 – 中世纪 Ⅳ. ① I561.33

中国版本图书馆CIP数据核字（2021）第044089号

本书如有印装错误，请致电本社更换 010-52187586

WILLIAM SHAKESPEARE

KING LEAR

里亚王

[英] 威廉·莎士比亚 著

卞之琳 译

上海人民出版社

目　录

里亚王

里亚王

悲剧

剧中人物

里亚，不列颠国王。

法兰西国王。

布艮第公爵。

康瓦尔公爵，芮艮之夫。

阿尔巴尼公爵，戈奈丽尔之夫。

肯特伯爵。

格罗斯特伯爵。

艾德加，格罗斯特之子。

艾德孟，格罗斯特之私生子。

寇兰，一廷臣。

奥斯瓦尔德，戈奈丽尔之管家。

老人，格罗斯特之佃户。

医生。

“傻子”。

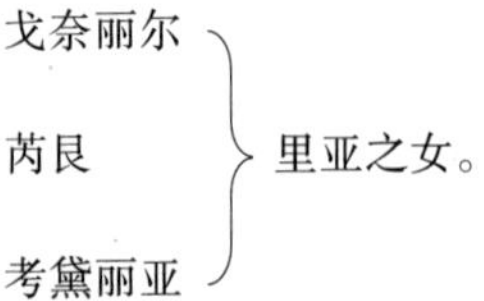

戈奈丽尔

芮良　　　　里亚之女。

考黛丽亚

侍臣、传令官、队长、里亚之扈从骑士、军官。

信使、侍从及仆役。

地　点

不列颠。

第一幕

第一场　里亚王宫中正厅。

肯特、格罗斯特、艾德孟上。

肯　我本来以为王上喜爱阿尔巴尼公爵，不太喜欢康瓦尔公爵。

格　大家一向都是这样的看法。可是现在划分国土的时候，倒是显不出他最宠哪一位公爵了，因为分得十足是半斤八两，不分轩轻，叫谁来精挑细拣，也挑拣不出什么名堂。

肯　这位不是令郎吗，大人？

格　他的出生呀，先生，是归我负责。认他呢，我可老是要脸红，到如今我脸皮也就厚了。

肯　我不明白你的意思。

格　先生，这个小伙子的母亲可明白，因此她鼓起了肚子，而且真是的，先生，她的床上还没有丈夫呢，她的摇篮里可先就有了儿子了。你闻不出其中有什么毛病吗？

肯　我倒不希望没有出毛病了，既然产生的结果是这么俊俏不凡。

格　不过呀，先生，我也有一个合法的儿子，年龄比这个大岁把，我却并不感到更亲一点。虽然这个淘气鬼不招自来，冒冒失失出了世，他的母亲可漂亮呢，制造他就经历过一场欢喜的作乐，这个野崽子非得认下来不可。你认识这位贵人吗，艾德孟？

艾　不认识，父亲大人。

格　是肯特爵爷。今后要记住他是我尊敬的朋友。

艾　谨候大人驱使。

肯　我一定疼你，争取多多结识你。

艾　大人，我一定要不辜负你的好意。

格　他出外了九年，现在又要出去。王上来了。

喇叭吹奏。一人捧小王冕先导，里亚王、康瓦尔、阿尔巴尼、戈奈丽尔、芮良、考黛丽亚及众侍从上。

里　格罗斯特，去接待法兰西国王和布艮第公爵。

25　古时法国尚未统一，布艮第还不是法兰西的一部分。

格　是，陛下。

〔格罗斯特与艾德孟下。

里　现在我宣布我暗中定下的主意。
把那张地图给我。该知道我已经
把国土分成了三份。我下定决心，
人老了，就摆脱一切政务的牵挂，
把它们交卸给年轻的力量，让自己
一身轻以终天年。康瓦尔贤婿，
还有你，同样孝顺的贤婿阿尔巴尼，
我此刻坚定不渝来当众宣布
我三个女儿的嫁奁，以免将来
会发生纠纷。法兰西和布艮第
竞争我小女儿垂青的一对君主，
在这里宫廷上为求婚而住了很久，
现在也该得到答复了。女儿们，
（如今我既然要解除政柄的执掌、
领土主权的行使、国务的操心）
告诉我你们当中哪一个最爱我？
看看谁最有孝心，最为贤淑，

我就以最大的恩惠相赐。戈奈丽尔，
我的大女儿，你先说。
戈　大人，我爱你非语言所能形容，
胜过爱自己的眼珠、广阔的自由，
超过公认为宝贵、珍奇的一切，
不亚于幸运、健美、荣誉的生命。
儿女父亲，从不曾更爱，更见爱。
这种爱使唇舌无能，谈吐失灵。
我爱你超过任何这一类比拟。
考　〔旁白〕
考黛丽亚该怎么说呢？爱，沉默。
里　在这些界线内，从这条一直到那条，
里边有茂密的森林、肥沃的田野、
丰饶的河流，还有辽阔的草原，
都归你，由你和阿尔巴尼的子孙
世代相传。现在，我的二女儿，
亲爱的芮艮，康瓦尔夫人，你说。
芮　我跟大姊是一样材料制成的，
自认是价值相等。我衷心感觉到

她的话正好道出了我的真情。
只是她未尽我意；我得声明
凡是我感官达到最锐敏的程度
所能感受的欢快，我一律厌弃，
唯独使我感到无比幸福的
就是爱你。

考 〔旁白〕

考黛丽亚可就寒伧了！
可是不，我自信我的爱心可贵重呢，
沉甸甸的，由不得我轻易作花言巧语。

里 你，和你的千秋万代的后嗣，
就领有这三分之一的美好国土，
论幅员，论价值，论享用，全都不差如
赐给戈奈丽尔的那一份。现在，
我的宝贝，虽然是最年幼、最小，
法兰西葡萄正同布艮第牛奶
争夺你垂青，你说点什么来领受

---

75 意即盛产葡萄的法兰西（国王）和盛产牛奶的布艮第（公爵）。

比你两姐姐的更丰富的第三份。说。
考　我没有什么好说，大人。
里　没有？
考　没有。
里　没有就一无所得。再说一遍。
考　我真不幸，我不能就把我的心
吐出我的嘴。我爱父王陛下
就按我的本分，不多也不少。
里　怎么，怎么，考黛丽亚！快把话改正了，
免得损害了你的运道。
考　　　　　　　　　　　大人，
你生我，养我，爱我。我恰如其分，
完全相应来报答这种恩情
听从你，爱你，超乎寻常的尊敬你。
为什么我两位姐姐要有丈夫呢，
如果她们说把全部爱心都给你？
倘若我结婚了，同我结缡的丈夫
就会拿走我一半的爱心和关心。
当然我结婚不会象姐姐们一样

为了一心爱我的父亲。

里　你说的可是真心话？

考　　　　　　　　　　是，大人。

里　这么样年轻，可就这么样不温顺。

考　这么样年轻，大人，这么样真诚。

里　那么好吧，你就拿真诚当嫁妆。
我现在，就凭太阳神圣的光辉，
就凭黑开娣和黑夜莫测的神秘，
就凭主宰人类生生死死的
满天星宿的全部气运来发誓，
我一笔勾销对你的一切慈怀，
断绝同你的嫡亲和骨肉关系，
从此永远在我的心上和面前，
把你当路人相待。野蛮的锡席亚人，
把亲生儿女当菜肴解馋的生蕃，
会同你这个我的原先的女儿
从我的胸怀里受到一样的亲近、

108　传说古时在今欧亚二洲间的锡席亚人有此野蛮风俗。

一样的爱怜、一样的温存。

肯　　陛下——

里　闭嘴，肯特！
休要插进来干扰巨龙的震怒。
我本来最爱她，本想把我的一切
全托付她殷勤照料。滚，滚开！
我对她割断了慈爱，如今我只有
从坟墓求安逸了。去叫法兰西。谁去?
去叫布艮第。康瓦尔和阿尔巴尼，
把这第三份分入我，两女儿嫁奁去;
让骄傲，她所谓直率，给她找夫婿吧。
我郑重把我的权力、优越地位
以及君主所有的一切尊荣
授与你们去联合享受。我自己
留用一百名由你们负担的骑士，
经常先后到你们两家的地方
按月轮流去居住。我只是保留
国王的名义和头衔，至于执政、
掌管国库的收入、处理百事，

贤婿们，就都交你们；说话有凭，
合领下这顶小王冠：
肯　　　　　　　　　　至尊的里亚，
我一向总是把你当君王来尊奉，
当父亲来敬爱，当主人来紧随不舍，
在祈祷当中把你当大恩人来想念，——
里　弓已经弯足，引满；快避开箭锋！
肯　就让箭发出来，尽管让箭头穿透
我的心胸吧。既然里亚是疯了，
肯特就无礼了。你究竟要怎样，老头？
你以为权力向谄媚低头的时候，
责任就不敢说话了？至尊变至蠢了，
荣誉就系于直言。别放弃大权，
好好考虑，收回你卤莽的成命。
我拿生命来担保这个判断：
你的小女儿爱你并不是最轻微
有些人声音小，显不出内心的空洞，
并非是寡情。

144　英国有谚语说：“空缶子声音响。”

里　　肯特，要活命就住口！

肯　我的命从来就准备当一个赌注，

向你的仇敌抛掷；为你的安全，

我不怕丢了它。

里　　滚，别让我看见！

肯　看清楚一些，里亚；让我来经常

充当你眼前可靠的准星。

里　阿坡罗作证，——

肯　　阿坡罗作证，王上，

你对天发誓也无用。

里　　噢，狗奴才！　〔以手按剑。

阿、康

陛下请息怒。

肯　把你的良医杀死，把你的酬劳

送给恶疾吧。撤销你的恩赐；

否则，我只要还能够大声疾呼，

就说你作了恶！

里　　听我说，背信的乱臣！

凭你自己宣告的忠贞，听我说！

鉴于你痴心妄想，硬要我毁弃
我不容破坏的誓言，嚣张跋扈，
偏要拦阻我用权力行使决定，
直叫我论情理，论地位，都忍无可忍了，
还我君威，领取你应得的酬报；
我给你五天的时间准备行装，
免得你餐风饮露，忍饥受寒；
第六天你就转过你惹厌的身躯，
离开我们的国土；第十天以后，
如再发现你已经流放的身影，
就当场处死。滚开！朱庇特作证，
这决不收回成命。

肯　再见了，王上；你既然执意要这样，
撵出去，倒自由；留这里，只能是流放。
〔对考黛丽亚〕
姑娘，愿你得神明的亲切保佑，

169　古罗马神话中的天帝。

172　这行话的故意倒置里概括了当前的是非颠倒。肯特以下八行话都押了韵，表现了激动中的宁静。

你想得正直，说得也完全对头。

〔对戈奈丽尔和芮良〕

愿你们把豪言壮语用事实证明，
多情的话里产生善良的行径。
各位大人，肯特就此告辞，
到新的国土去把老路坚持。 〔下。

喇叭奏乐段。格罗斯特重上，引来法兰西国王、
布艮第公爵及侍从多人。

格 陛下，法兰西、布艮第二位在此。

里 布艮第公爵，
你跟这位国王都是来这里
向我的小女儿求婚的，我先问你，
你至少要她有多少随身的嫁奁，
否则就放弃你的追求？

布 陛下，
你决定拿出来多少，我不想多要，
你也不会少给。

里　　尊贵的布艮第，
她原先对我是亲爱的，我是当宝贝的，
她现在可落价了。看，她就在那里。
如果这个假正经小东西身内
以至身外，另加我对她的反感，
别无所有的，有什么能讨你喜欢，
她是在那里，就归你。
布　　我很难回答。
里　她这样孑然一身，百孔千疮，
亲友全无，新承受我的憎恶，
遭我弃绝了，只捞到诅咒作嫁妆，
你要她还是不要？
布　　对不住，陛下，
情况如此，就碍难作任何抉择。
里　那就算了吧，公爵；神明作证，
我讲完了她全部价值。
〔对法兰西〕　　至于你，大王，
我不愿辜负你好意，太离经叛道，
竟拿我厌弃的来配你；因此我请你

把你的欢心转向可取的对象，
不要去垂顾为造化所羞于承认的
这个下贱货色。
法　　　　　　　　这可是太奇怪了，
她刚才还是你最为珍惜的宝贝、
赞美的题目、安慰老年的寄托，
最好、最亲的，怎么就在此片刻
竟犯了骇人的大罪，以至被剥夺了
那么多层层的爱宠。她的过错
一定是伤天害理到荒谬绝伦，
要不然你原先对她表现的情感
不会一下子变质；若只凭理智
而不出神迹，我可决不能相信
她会干出这等事。
考　　　　　　　　　我只求陛下
（即使你深怪我不会油腔滑调、
只说不干，因为我想要怎样，
不说就干的，）还是明白宣告：
并非是因为我有什么污点，

干了凶杀、淫邪、不名誉勾当，
我才失去了你的钟爱和宠幸，
而是正因为我珍重自己而缺少了
一对惯使的媚眼、庆幸我没有的
一条巧舌，尽管没有了这一点
也就失去了你的欢心。

里　　　　　　　　　　不生你，
倒还是比你不讨我喜欢要好！

法　不过如此吗？这无非是天性缄默，
有些人就往往不爱把心头所想
恣意张扬罢了。布艮第公爵，
你要小公主吗？爱情就不是爱情了，
如果它搀杂了和本身毫不相干的
患得患失的考虑。你要娶她吗？
她本身就是一大笔活嫁妆呀。

布　　　　　　　　　　　　　　陛下，
你只要把原先许下的一份给了她，
我当场就把考黛丽亚接受来当作
布艮第公爵夫人。

里　什么也不给。我发过誓了；我坚持。
布　那我就抱歉了：你这样失掉个父亲，
　　也就得失掉个丈夫。
考　　　　　　　　　　布艮第少噜苏！
　　他所谓爱情既就是财产的计较，
　　我也决不做他的夫人。
法　最美的考黛丽亚，你因穷而最为富有，
　　被弃而最中选，受鄙视而最受珍惜！
　　你和你这些品德，我就夺取了：
　　我拿人家不要的，该完全合法。
　　天晓得，天晓得！想不到人家的冷待
　　竟然点燃了我如此炽烈的敬爱。
　　陛下，我把你无嫁奁女儿来领受，
　　当我和大好法兰西全国的王后。
　　水渍渍的布艮第出多少公爵也一样，
　　休想买得了我这位无价的姑娘。
　　考黛丽亚，向她们道别，任她们没心肝，

245　剧词告一段落，以下十二行都是双行押一韵。

249　“水渍渍”（Waterish），语带双关：多溪流，淡薄无味。

你丢了故土，会找到更好的家园。

里　你就带她去，法兰西；就让她归了你，
我不认这样的女儿，从此也不愿意
再见她一面；你们只管走路，
别指望我的恩宠、慈爱和祝福。
来吧，尊贵的布良第。

〔喇叭鸣奏。里亚、布良第、康
瓦尔、阿尔巴尼及侍从同下。

法　向你姐姐们道别。

考　父王的一对宝贝，考黛丽亚向你们
含泪告别。我知道你们的品质，
碍于姐妹的情分，我不想明说
你们的缺点。要好好对待父亲；
我把他就托付给你们自表的关怀。
可是唉！倘若我如今还承他爱顾，
我宁愿他另外得到较好的去处。
跟你们再见了。

芮　我们用不着你教训。

戈　　　　　　　　　　你自己去操心

该怎样侍候你丈夫吧，他肯收受你
也算承运气的恩施。你吝于孝顺，
就份有应得，你想得也没有你的份。

考　时间会剥掉你们层层的画皮；
掩盖过丑恶、终于用羞辱来嘲戏。
祝你们顺利！

法　　　　　　　来吧，我的考黛丽亚。

〔法兰西与考黛丽亚下。

戈　妹妹，关于跟我们两个有切身关系的事情，我还有不少话要跟你谈谈。我看父亲今晚上就要离开这里了。

芮　那是一定的，而且会住到你们那里去；下月份就住到我们那里去。

戈　你看他老来多么变化无常，对这点我们已经注意到不少了。他一向最疼小妹，现在竟把她抛弃了，更显出他多么胡涂。

芮　这是他老年的昏庸；可是他向来就不大有自知之明。

戈　就在他最好的盛年，他也是卤莽的，那么他岁数越大，我们越只能指望，不仅要生受他年深月久、根深柢固的短处和缺点的气，还得要活受他老朽、脾气坏而刚愎任性的罪了。

芮　他一旦心血来潮，就把肯特也流放了，说不定我们也会受到他诸如此类的对待哩。

戈　法兰西对他行辞别仪式，还有一番周旋呐。我提议我们来互相配合，通力协作。要是父亲顺着他这种性子滥施威权的话，那么目前这一番交权，就只能被认为是跟我们捣乱。

芮　让我们再仔细考虑。

戈　我们要立即行动，趁热打铁。

〔同下。

第二场　格罗斯特堡邸中一室。

艾德孟手持一信上。

孟　自然，你是我的神；对你的法则
我理当效忠。为什么我该听任
世俗的瘟风所摆布而竟然容许

礼法的挑剔来剥夺应得的权益，
只因为晚生了十二个、十四个月份，
稍后于长兄？什么叫私生子？下贱胚？
我堂堂正正的一身，论胸襟豪迈，
论仪表端方，到底有哪一点比不上
规矩女人的公子？为什么诬我们
下贱？下贱货？野杂种？下贱，下贱？
我们在生气勃勃的偷情里生出来，
天生是精力更弥满，元气更旺盛的，
反不如在沉闷、枯燥、疲沓的床笫，
从半睡到半醒之间制造出来的
整整一大批蠢货吗？好吧，
合法的艾德加，我定要得你的土地，
父亲爱私生的艾德孟，一点也不差如
爱你这合法的儿子呀。“合法的”，好名堂！
合法的儿子啊，如果这封信见效，
计谋进行得顺利，下贱的艾德孟

6　私生子亦称“自然子”（natural son）。

就压倒合法的儿子了。我翻身，我得志。
神明在上，保佑我们私生子！

格罗斯特上。

格　肯特放逐了！法兰西又一怒而去！
国王昨晚上走了！让掉了大权！
靠人家赡养！这都是在心血来潮里
干出来的！——艾德孟，怎么样！有什么消息？

孟　禀告大人，没有。　〔藏信。

格　为什么你这样子急急忙忙的要把那封信藏起来？

孟　我没有什么消息，大人。

格　你刚才正在读什么信件？

孟　没有什么，大人。

格　没有？那么有什么用得着你慌慌张张的把它塞进你的口袋去？既没有什么，就用不着藏什么。给我看，来；要真是没有什么，我也就用不着戴眼镜了。

孟　求父亲大人原谅。这是哥哥写给我的一封信，我还没有读完；就我所读到的几句而言，我认为这封信不适于让大人过目。

格　把信给我，小子！

孟　不拿出来吧，拿出来吧，我都要得罪大人。只能怪这封信的内容，就我所知道的一部分而言。

格　给我看，给我看。

孟　我想给我哥哥说句公道话，料想他写这封信，无非是为了试探试探我的品德。

格　〔读信〕“现时的敬老政策，白糟蹋我们的大好年华，把世界搞得枯燥乏味，把我们的财富搁置一边，直等到我们自己也老了，无法消受。我开始感到老年人的专横实在是一种荒唐的束缚，而他们之所以能施威肆虐，并不是因为他们有力量，而是因为我们一味容忍。来找我，我好跟你当面细谈。如果我们的父亲非等到我弄醒他为止就一直睡着的话，你就永远享有他收入的一半，永远见爱于你的哥哥。艾德加。”哼！阴谋！“非等到我弄醒他为止就一直睡着的话，你就永远享有他收入的一半”。我的儿子艾德加！他居然有写得出这种话的一手？想得出这种念头的一副心肠和头脑吗？你什么时候接到信的？谁送来的？

孟　不是送给我的，大人；鬼就鬼在这里。我发现它给扔进了我房间的窗口。

格　你认得出这是你哥哥的笔迹吗？

孟　如果写的是好话，大人，我敢发誓说是他的；可是写得像这个样子，我但愿不是他的。

格　是他的。

孟　是他的笔迹，大人，可是我希望这种话并非出于他的真心。

格　他原先没有在这件事情上试探过你吗？

孟　从没有，大人。可是我常常听到他主张说，儿子成年了，父亲衰老了，父亲就该归儿子保护，儿子就该掌管父亲的产业。

格　噢，坏蛋、坏蛋！他在信里表示的就是这种意见！大逆不道的坏蛋！伤天害理，穷凶极恶，禽兽一般的坏蛋！比禽兽都不如！去，小子，找他去；我要惩治他。可恶透顶的坏蛋！他在哪儿？

孟　我不大清楚，大人。我看你最好对我的哥哥暂且按捺住怒气，等到你从他那里拿到了更为确凿的证据，弄明白他的真意再说，那才是你该取的妥当步骤；而如果你对他先就采取了激烈行动，万一误会了他的用意，那就会大大损害了你的荣誉，也会把他的一片孝顺心白白粉碎了。我敢拿我的生命为他作保，他写这封信，无非是为了试探我对大人的感情，此外并没有什么危险的用心。

格　你以为如此吗？

孟　倘若大人认为合适，我可以安排你藏到一个地方，在那里你会听到我们两个商量这件事情，因此你就由亲自耳闻而获得了证据，不用耽搁，今晚上就可以办。

格　他不可能变成了这样的禽兽——

孟　当然他决不会。

格　——来对待他的父亲，而我不是那样的爱他到亲切备至毫无保留吗？上有天，下有地！艾德孟，找他出来；我要你去替我摸摸他的底细；你自己去见机行事。我甘愿把我的地位、财产全都抛出去，但求弄明白这里的究竟。

孟　我马上去找他，大人；我会想办法去进行活动，然后再来把结果奉告。

格　最近的这些日蚀、月蚀，对我们都不是吉兆。人类理性尽可以这样那样去解释，可是人类天性，在接踵而至的灾殃里，却是遭受了打击。情爱冷漠了，友谊断绝了，兄弟失和了。城里，有兵变；乡下，有骚动；宫中，有叛乱；父子之间，情分破裂。我这个畜生就应了这种不祥的预兆，这是子不子：王上违反了他的本性；这是父不父。我们已经见过了我们最好的日子，现在是阴谋、欺骗、叛逆和种种毁灭性纷乱紧跟我们，扰攘不安的打发我们进坟墓了。把这个坏蛋找出来，艾德孟；那不会期你受什么损失的；小心点干去吧。还有那个品性高贵、赤胆忠心的肯特竟被放逐了！他的罪名呀，就是诚实！真奇怪。　　〔下。

孟　世道真是愚蠢得了不起，每逢我们运气不好，我们不想到这往往是自作自受，却把我们的灾殃归罪于日月星辰；仿佛我们当恶汉，是命里注定；当傻瓜，是出于天意；当无赖、盗贼、叛徒，是由于星宿主宰；酗酒、撒谎、通奸，是迫于气数；无论我们造什么孽，都是受神道驱使。人这个色鬼真善于推诿，不怪自己淫荡的气质，却异想天开，把它归咎于一颗星！我的父亲和我的母亲在巨龙星的尾巴底下私合，我又在大熊星底下出世，因此我该是又粗暴又淫荡。呸！即使当时天上最贞洁的一颗星眨着眼，看着他们干那个搞出我这个私生子的勾当，我还是我现在这个样。艾德加——

艾德加上。

一说就到！就象旧喜剧用巧凑来收场的样子。我现在就扮出一副邪恶的忧郁相，象疯叫化子托姆那样的唉声叹气。——噢！这些日蚀月蚀啊，真是预兆着这些分崩离析。法，索，拉，米。

加　怎么样，艾德孟弟弟！你这样忧心忡忡的，正在沉思些什么呀？

孟　我正在想起那天我读到的一篇预言，说是这些日蚀、月蚀以后会发生些什么事故。

加　你就一股脑儿琢磨这个了？

孟　我可以告诉你，他所写的这些，结果不幸都应验了：什么父母儿女之间的反常行径呀；什么死亡、饥荒、旧交情告吹呀；什么国家分裂、国王和贵族受恐吓挨咒骂呀；什么无端受猜疑、亲信被放逐、军队溃散、婚姻破裂呀，诸如此类。

加　你有多久相信起星象学来了？

孟　得了，得了；你最近是什么时候见到父亲的？

加　昨天晚上。

孟　你跟他谈过话吗？

加　谈过，连谈了两个钟头。

孟　你们是和好分手的吗？你从他的语气里和脸上都没有看出有什么不高兴吗？

加　一点也没有。

孟　你好好想想你在什么事情上可能得罪了他；我劝你暂且回避他一下，等到过一些时候他的怒气平息了一点再说，此刻他正在大发雷霆，就是把你的命都害了，也不肯罢休哩。

加　准是哪一个坏蛋说了我的坏话。

孟　我怕是如此。我劝你好好克制，怎么也忍耐下去，直等到他的怒气减弱了势头再说，并且依我说，还是躲到我的住处去为好，到适当时机我会带你去亲自听父亲说话。我劝你就走；这是我的钥匙。你要是出外去，得带武器。

加　带武器，弟弟！

孟　哥哥，我劝你都是为你好，要带武器；要是人家对你有什么好意，我就不是老实人。我已经把我的所见所闻，告诉了你了；可只是约略说说而已，远没有道出其中可怕的实际情况。我劝你快走！

加　我能马上听到你的信息吗？

孟　在这件事情上我一定为你尽力。

〔艾德加下。

轻信的父亲；又配上忠厚的哥哥
生性是不会害人，一点也不怀疑
别人会害他：对付愚蠢的诚实，
我用计就驾轻就易！我知道怎么办。
靠不了出身，我就靠才智得田地：
我只要能达到目的，干什么都可以。　〔下。

第三场　阿尔巴尼公爵府中一室。

戈奈丽尔及其管家奥斯瓦尔德上。

戈　我的父亲，怪我的手下人骂他的“傻子”，就出手打了他吗？
奥　是这样，夫人。
戈　日日夜夜，他总是亏待我；每小时
　　他都会跳出来这样那样的寻衅，

---

1 “弄人”在中文里不等于西方旧时宫廷职业小丑，不如直译为“傻子”（如孙大雨、曹未风）。

把我们闹成一团糟。我不能再容忍了。
他那些骑士太嚣张，他自己动不动
为一点细故就骂人。他打猎回来，
我不跟他见面说话：就说我病了。
你尽管不照原先那样去侍候他，
你做得对；说怠慢有错，我担当。

奥　他来了，夫人；我听见他了。

〔内号角声。

戈　你和你那些同事，随便去摆出
不理睬的神气；我正好去理论一番：
要是他不高兴，就请他去妹妹那里，
我知道我们两个人是一条心的，
都不会再服谁的管。愚蠢的老头，
他居然还要来行使他的权力，
不想想他早已放弃了呀！我敢发誓说，
老傻瓜就又是小娃娃，受纵容坏了，
不能只管哄，就得来一点厉害了。
你就记住我的话。

奥　　是，夫人。

戈　让他的骑士们更多看你们的冷眼；
出了事，不要紧；就这样通知管事们。
我愿意，我要，从这里惹出点是非，
好让我出来说话。我马上写信去
告诉妹妹取一致行动。去备饭。

〔同下。

第四场　同上一大厅。

肯特伪装上。

肯　要是我能再借用另外的口音
把讲话也伪装了，我就会充分达到
我的苦心，我是为此才抹掉了

---

3 “抹掉”，可能语带双关，肯特刮掉了胡子。

我的真面目啊。被放逐出境的肯特，
你如果能就在把你论罪的禁地
来尽忠效命，你所爱戴的主上
可能会发现你太有用处了。

内号角声。里亚、骑士及侍从上。

里　我就是一刻也不能等，快，快去备好饭。

〔一侍从下。

嗨！你是什么人？
肯　我是一个人，陛下。
里　你干什么的？你见我要怎样？
肯　我敢声明我表里如一；信任我的，我忠心侍候他；诚实的，我爱他；聪明而少说话的，我跟他交往；我害怕审判；逼不得已，我也能打架；我不吃鱼。

12　上行里亚问“干什么的”（profess），肯特在这里回答“敢声明”（也是用 profess），并非所答非所问，只是用原文一字的不同意义，译文里只能用“干”“敢”读音上重复一下，聊传原文的妙处。

14　“不吃鱼”有两种意义，一是说他不是伊丽莎白时代英国所敌视的天主教徒，二是他非软弱之徒。

里　你是什么人？

肯　一个心地非常诚实的男子汉，同国王一样的可怜。

里　如果你作为老百姓的，同人家作为君主的，竟然可怜到一样的话，你真是够可怜了。你要怎样？

肯　我要侍候人。

里　你要侍候谁？

肯　你。

里　你认识我吗，伙计？

肯　不认识，大人；可是你的神态自有特色，使我不由不甘愿叫你作主人。

里　那是什么？

肯　权威。

里　你能做些什么差事？

肯　我能保守正当的秘密，能骑马，能跑，能把一个精巧的故事讲得支离破碎，能把一个明白的口信传得干脆利落，凡是平常人能做的什么，我都会，我最大的好处是勤勉。

里　你有多大年纪了？

肯　大人，说年轻吧，还不至于为了一个女人会唱歌就害相思，说老吧，还没有老到无缘无故去溺爱一个婆娘。我已经活过了四十八个年头。

里　跟我吧;侍候我就是。倘若我吃了饭以后还是一样喜欢你，我还不想就跟你分手。开饭，呵，开饭！我那个小厮呢？我那个“傻子”呢？你去叫我的“傻子”来。

〔一侍从下。

奥斯瓦尔德上。

你！你这小子！我的女儿呢？

奥　对不起——　〔下。

里　那家伙说什么？把那个蠢材叫回来。

〔一骑士下。

我的“傻子”呢，喂？看来全世界都睡着了。

骑士重上。

怎么样，那个狗杂种呢？

骑士　陛下，他说公主身体不舒服。

里　我叫那个奴才回来，他为什么不回来？

骑士　陛下，他回答得非常无礼，说他不愿意。

里　他不愿意！

骑士　陛下，也不知道是怎么一回事，照我看来，他们对待王上，不象往常那样殷勤有礼貌了。从公爵和公主到一般底下人，全都冷淡得多了。

里　嚇！你这么说吗？

骑士　要是我说错了，求陛下恕罪；只要我认为陛下遭受了非礼，责任所在，我不能沉默。

里　你啊只是提醒了我自己的猜疑。我最近感觉出有一点点不周不到；我还只怪自己多心，不认为人家存心怠慢；我得进一步观察观察。我的“傻子”呢？我这两天一直没有看见他。

骑士　自从小公主去了法兰西，陛下，傻子就憔悴不堪了。

里　别再提这个；我完全清楚。你去告诉我的女儿说我要跟她说话。

〔一侍从下。

你去把我的傻子叫来。

〔一侍从下。

奥斯瓦尔德重上。

噢！你老爷，来，你过来，老爷。

我是谁，老爷？

奥　夫人的父亲。

里　“夫人的父亲”吗，老爷的奴才？你这婊子养的狗，你这贱骨头，你这痞子！

奥　大人，我不是这些，对不起。

里　你敢跟我瞪眼，你这无赖！　〔打他。

奥　不能打我，大人。

肯　也不能踢你吗，你这混球？　〔绊倒他。

里　谢谢你，伙计；你侍候我，我会喜欢你。

肯　得，老爷，爬起来，滚！我要教会你懂一点上下的分寸。滚，滚！你定要再伏地量量你的狗身材，那就呆着；要不然，就滚开！去你的；你有脑子吗？

〔奥斯瓦尔德下。

得。

69　或照原文直译为“也不能绊你一脚吗，你这下贱的足球员”，在莎士比亚当时，踢足球被视为下贱的运动。

里　我的好小子，谢谢你。我收留你侍候我，先给点定钱。

〔交钱给肯特。

“傻子”上。

“傻子”

让我也雇了他。我给你鸡头帽。　〔脱帽授肯特。

里　怎么样，我的乖小子？你好吗？

“傻子”

小子，你最好还是接过了我的鸡头帽。

肯　为什么，“傻子”？

“傻子”

为什么？为了你站到了失势的一边呀。哼，要是你不会看风使舵，你马上会挨冻的；得拿了我的鸡头帽。看，这老头赶走了两个女儿，由不得他自己，倒给了第三个女儿好福气；你要跟他，就一定得戴上我的鸡头帽。怎么样，老伯伯！但愿我有两顶鸡头帽和两个女儿！

里　为什么，小子？

---

76 “鸡头帽”为职业小丑所戴，上附一小铃铛。

"傻子"

如果我把全部家当都给了她们，我还得留下两顶鸡头帽给自己。我这儿有一顶；再走向你的两个女儿讨那么一顶吧。

里　别胡说，混小子；小心鞭子！

"傻子"

真理是条贱公狗，只合躲到狗窠里，得用鞭子把他打出屋子去了，才好让猎犬娘娘靠火放臭气。

里　好一番气杀我的奚落啊！

"傻子"

小子，我来教你一段话。

里　说。

"傻子"

听好，老伯伯：

积攒得多来露得少，
懂得多来说得少，
收进多来借出得少，

90　关于"猎犬娘娘"，考订家、注家众说纷纭，都得不到令人满意的校勘、解释，问题都是在"真理"公狗与"猎犬娘娘"，意义上对立不起来，一说其中，隐含"下贱"地位出"真理"，而"猎犬娘娘"显得很阔气（杜塞）。

91　里亚的感叹可能是指"傻子"的挖苦，也可能是想起奥斯瓦尔德的怠慢。

骑马多来走路得少，
听得多来进耳朵得少，
赢得多来赌得少；
不喝酒来不找婊子婆，
门关紧来足不出户，
你再把十双来数数，
就不止二十的数目。

肯　你没有说出什么来呀，“傻子”。

“傻子”

那么这就象没有给喂嘴的律师一样，空口说白话；你本来没有给了我什么。老伯伯，你就不能利用没有什么吗？

里　当然不能，孩子；没有什么就生不出什么。

“傻子”

〔对肯特〕请你告诉他，他有那么多田地，出息也就这么样了。他不相信一个“傻子”的话。

里　真会挖苦的“傻子”！

98　“少走路”或者是为了省鞋。

104　通过高利贷，钱数就增加了。

"傻子"

你知道不知道，好孩子，苦傻子和甜傻子有什么分别？

里　不知道，娃儿；讲给我听。

"傻子"

谁要是曾经劝过你
　断送掉一片好江山，
请他来跟我站一起
　你就来把他扮一扮。
甜傻子和苦傻子
　马上就分清在眼前：
一个是穿了花形衣，　　　　〔指自己。
　一个是明明——在这边！　　〔指里亚。

里　你叫我傻子吗，小子？

"傻子"

你的称号全都给你送掉了；只有这个是你生来就有的，送不了人。

肯　"傻子"可并不完全傻哩，陛下。

"傻子"

真的并不是，老爷大人们决不会答应我包下来；如果我享有了傻子的专利权，他们一定要来分去我一份：还有太太夫人们，她们也决不肯让我独当傻子，她们要来抢一些去的。老伯伯，给我个鸡蛋，我就给你两顶冠冕。

里　是怎么样的两项冠冕？

“傻子”

啊，我把鸡蛋打正中间一切开，吃光了里边的东西，我不就可以给你两顶蛋壳的冠冕了？你把你的王冕对切成两半，把两半都送掉了，你就是背驮了驴子去过污泥沟哪。你把你的金冠盖送掉的时候，你的光脑盖底下准是一点儿脑子也没有了。如果象我这样子胡说，谁先发现话说得有理的，就该谁挨一顿鞭子。

〔唱〕　这年头傻子们再也不吃香；

　　聪明人都变了白痴，

脑子里不知道怎样去想想，

　　手底下尽干的傻事。

里　你什么时候开始那么爱唱歌了，小子？

127　伊丽莎白朝末期，专利权引起反对风潮，后来通过法案取消了，但詹姆士一世登位后（在本剧写作时期），又滥发给廷臣，引起群众不满。

133　《伊索寓言》中讲到一个老人不是骑驴子过污泥沟，而是自己扛驴子过去。

“傻子”

老伯伯，自从你把你的两个女儿当作你的两个母亲了，我就学唱起来了；你把棍子交给了她们，自己乖乖的把裤子褪了下来，那时候，

〔唱〕 她们呀欢喜得眼泪儿直淌，

我只有唱歌来消愁：

堂堂的国王呀玩起了捉迷藏，

直钻到傻子堆里头！

老伯伯，我求你找一位老师来教你的“傻子”说谎：我很想学一学撒谎哩。

里 你要是撒谎，小子，我就叫你吃鞭子。

“傻子”

我真不明白你和你那个女儿究竟有什么样的嫡亲血缘：我要是说了真话呢，她们要把我鞭打；我要是说了假话呢，你要把我鞭打；有时候我不说话也挨了鞭子。我宁可当随便什么玩意儿也不想当“傻子”；然而我还是不愿意做你，老伯伯；你把你的灵性削掉了两边，没有让中间留下了一点什么了。你那一半边来了。

戈奈丽尔上。

里　怎么样，女儿！干吗头额上扎了那么一道绉纱箍似的。

你近来眉头皱得太多了。

“傻子”

你原先用不着看她的脸色，不在乎她皱不皱眉头，那时候倒算得上一个棒小子，你现在可光是一个圆圈圈了。现在我倒还比你强一些，我是“傻子”，你可什么都不是。〔对戈奈丽尔〕是，我一定闭嘴；尽管你嘴上不说什么，脸上叫我看得出要什么。好，好：

谁大手大脚的，面包皮也不要，
什么都腻味了，面包屑也讨不到。

那是个剥空了的豆荚。　〔指里亚。

戈　不单是，大人，你这个放肆的“傻子”，
还有你那些傲慢无礼的随从
也时刻挑剔，吵架，以至于猖狂到
闹出我忍无可忍的暴行。大人，
我本想，把这种情形让你知道了，
就会有切实的纠正；但如今我恐怕，

照你最近的所说和所为看来，
你不仅袒护了，而且用姑息来怂恿了
这一种行径。要真是这样呢，过错，
就难逃谴责；惩戒，也不会等闲：
为了邦家的安定，断然的措施
一旦采取了，尽管会得罪你老人家，
也使我失面子，但是事出于不得已，
大家会认为是明智的行动。

“傻子”
老伯伯，你该知道，
篱雀儿把布谷喂养得这么久，
活该让小雏儿大起来咬掉头。
蜡烛火熄灭了，我们就只有摸黑了。

里　你是我的女儿吗？

戈　我希望你能够用用你的明智
你本来是通情达理的；别乱发脾气；
你近来动不动就发作到忘乎所以，

184　据说杜鹃在篱雀巢里下蛋，让篱雀孵雏。

远离了你的正道。

“傻子”

车子拉起马儿来了，一头傻驴子就看不出吗？“哎呀呀，俏姐儿！我爱你。”

里　这儿谁还认识我？我不是里亚：
里亚是这样走，这样说的？他的眼睛呢？
他的脑筋坏了吗？他的神志
昏迷了吗？嚇！我还醒着？不是的。
谁能来对我讲一讲究竟我是谁？

“傻子”

是里亚的影子。

里　我要知道我是谁；因为凭威权、
知识和理性的标记来辨别是非，
我就难于相信我会有这等女儿。

“傻子”

她们会叫你变成一个孝顺的父亲。

里　请问芳名，贵夫人？

192　可能是旧小调中的一个叠句。

201　以上三行（特别是其中第一行）原不协律，一般版本作散文处理。

戈　你这样大惊小怪，大人，无非是
又要了你新近那一套恶戏。我请你
毫不含糊的弄明白我的意思：
你年高德劭，就应该通情达理。
你身边养了一百个武士和随从；
这些人这么样胡闹，放荡和猖狂，
用他们下流的习气把我们宫廷
熏染成乱店子的样子：吃喝，玩乐，
简直把它搅成了酒馆和娼寮，
不再象庄严的王府。这奇耻大辱
本身就要求立即纠正。为此
请慨然允准把你的扈从削减一些，
免得我擅自执行我这个要求；
剩下来照旧侍候你的那些人
还得是适合你年龄的，他们应当是
既知你也能自知。
里　　　　　　　　凶神恶煞啊！
快给我套马！把我的随从叫拢来！
下流的杂种！我不在这里叨扰你；

我还有一个女儿在。

戈　你打我手下人，你那些捣乱的痞子
竟把上面人当成奴仆。

阿尔巴尼上。

里　活该，真后悔莫及！噢，你来了？
这是你的意思吗？说！快备马。
忘恩负义，是铁石心肠的恶魔，
当你显现在子女身上的时候，
比海怪还可憎！

阿　请陛下忍耐一点儿。

里　〔对戈奈丽尔〕
可憎的鹰枭，你撒谎！
我的随从是出类拔萃的人材，
一应礼仪和职守，都无所不知，
而且都兢兢业业的百般维护
他们的声誉。啊，一丁点瑕疵
怎就在考黛丽亚身上显得多丑恶！

象一架挖城机一下子把我的天性
扭脱了基础，压干了我的爱心，
翻起了我的狠心！里亚啊里亚！
痛打这脑门，谁叫它让愚蠢进去了， 〔捶头。
把明智放走了！走，走，我的人。

阿　陛下，我并没得罪你，我全然不知道
是什么使你动了气。

里　　　　　　　　　可能是，公爵。
听啊，造化，亲爱的女神，听我说！
如果你曾经有心要这个畜生
繁衍子孙呢，请撤换你的意旨！
反过来把她的生殖力全部抽掉；
使她生育的器官彻底枯涸；
使她枯朽到一个孩子也生不出
来为她添光彩！她一定要繁殖呢，
就让她生一个毒孩子，长大起来
乖张，暴戾，悖逆的折磨她一辈子，

236　或解释为任何种机械。

给她年轻的额上刻满了皱纹，
用泪流给她的面颊上凿下深槽，
把她做娘的操心和教诲都搞成
嘲笑和蔑视的把柄，让她也感觉到
养一个忘恩的孩子，比受毒蛇咬
还令人痛心百倍！走吧，走吧！ 〔下。
阿　嗨，天晓得，这都是为的什么？
戈　你不用自寻烦恼，要穷究原委；
他这么老胡涂了，由他随便怎样去
发他的脾气得了。

里亚重上。

里　怎么，一下子就裁了我五十个随从？
就在半个月之内！
阿　　　　　什么事，陛下？
里　等会儿告诉你。
〔对戈奈丽尔〕　凭我的生死发誓！
我惭愧能让你这样子摧毁了丈夫气，

真惭愧我值得为了你而情不自禁，
热泪横流！瘟风、毒雾来整治你！
父亲的诅咒送给你不治的千疮，
穿透你官能的百孔！昏聩的老眼，
你要是再为此而哭泣，就把你挖出来，
连同你白流的一汪汪泪水抛出去
一块儿和泥。哼，竟弄到这地步？
罢了！也罢。我还有一个女儿，
我相信她是亲切的，善于体贴的；
要是她听说你这样子，准会用指爪
撕掉你这张狼脸皮。你会发现
我就会恢复原来的威严，别以为
我已经把它永远抛弃了。

〔里亚、肯特及侍众下。

戈　你看见没有？

阿　虽然我对你恩情深厚，戈奈丽尔，
却不能如此偏心——

戈　你就算了吧。怎么了，奥斯瓦尔德，喂！
〔对“傻子”〕

你不是傻瓜，是坏蛋，跟你的主子去！

“傻子”

里亚老伯伯，里亚老伯伯！慢点走，把“傻子”带了去。

臭狐狸，看谁来抓牢它！
这样的女儿，谁要她？
我但愿用帽儿换到它
一条绞索来搞掉她！
我得赶紧去跟好他。　〔下。

戈　这个人给教得多好啊！一百个武士？
让他留一百个武士弄刀试剑，
真想得安全周到哩！他只要做场梦，
听句谣言，转个念，一不高兴，
就可能用这般武力护他的昏聩
危害我们的生命。奥斯瓦尔德，怎么了！

阿　你可能太过虑了。

戈　　　　　　　　总比太放心稳当。
我宁愿一举解除我担心的危害，

284　也可解释为语带双关，把“傻子”的头衔带了去。

不愿老担惊受怕。我知道他的心。
他说的，我已经写信去告诉妹妹，
她要是收容他和他的一百个武士，
不管我表示了不适当呢，——

奥斯瓦尔德重上。

啊，奥斯瓦尔德！
你把给我妹妹的那封信写了吗？

奥　写了，夫人。

戈　你带上几个伙伴，就上马出发！
对她充分讲明我自己的担心，
再加上你能想到的种种理由，
好把话说得更动人听闻。你去吧，
速去速回。

〔奥斯瓦尔德下。

不行啊，不行啊，老爷，
你这样软绵绵、柔和和为人处世，
虽然我不来责备，对不住，我得说；

你就是易遭人非议，怪你胡涂；

难叫人称赞你害人的温情。

阿　我还说不准你眼光多远大，多厉害；

操持过急呢，却往往把好事做坏。

戈　嗯，那么——

阿　得，得，看结果再说。

〔同下。

第五场　同上，前庭。

里亚、肯特及“傻子”上。

里　你带这封信，先到格罗斯特去。我的女儿读了信，问到什么就回答什么，别多讲什么你所知道的事情。要是你不赶快，我就会比你先到那里了。

1　格罗斯特是地名，应为格罗斯特伯爵的封地，一般认为康瓦尔公爵即住在邻近，有些学者认为是原脚本上的笔误，此处应为康瓦尔（也是地名）。

肯　陛下，我不把信送到，决不会睡觉。　〔下。

“傻子”

要是一个人的脑筋长在脚跟上了，那么脑筋不就会有害冻疮的危险吗？

里　会，孩子。

“傻子”

那么，我劝你高高兴兴吧；你用不着为脑筋操心，要给它穿什么软便鞋了。

里　哈，哈，哈！

“傻子”

你看吧，你那一位女儿会用真情待你的；因为，虽然她象这一位就如同山楂象苹果，我还是能说出一点我能说的事情。

里　你能说出什么，孩子？

“傻子”

5　“脑筋长在脚跟上”，就是“不长脑子”。意为“你还想去二女儿那里，简直是比不长脑子还不如”。

10　里亚可能误会了，以为说他脑子正常，长在头上，不用操心。

11　“真情”有两重意义：1，亲切；2，按她的本性。

她上口跟这一位是一个味道，就象山楂跟山楂是一个味道。你讲得出为什么一个人的鼻子长在脸正中吗？

里　讲不出。

“傻子”

嗯，为的是把一对眼睛分在鼻子两边嘛，这样安排好了，碰上什么，用鼻子闻不出来，用眼睛还可以穿进去探索呀。

里　我亏待了她，——

“傻子”

你会说说牡蛎怎样造它的壳吗？

里　不会说。

“傻子”

我也不会说；可是我能讲蜗牛为什么一定要背一所房子。

里　为什么？

“傻子”

嗯，好把它的头藏进去嘛；决不会抛弃给它的女儿们，害得它自己的一对角都没有一个匣子来装哩。

里　我得忘掉我的天性才好。这么慈爱的一个父亲！我的马

20　里亚是在想考黛丽亚。

备好了没有？

“傻子”

你那些驴子去搞了。为什么七星不多不少，就是七颗，其中的道理才妙呢。

里　因为它们不是八颗，对不对？

“傻子”

对了，真对；你真会当一个出色的“傻子”哩。

里　用武力夺回来！荒悖绝伦的忘恩负义！

“傻子”

要是你当了我的“傻子”，老伯伯，我会痛打你一顿，因为你不到时候就先老了。

里　怎么呢？

“傻子”

你该长聪明了才老呀。

里　噢，让我别疯了，别疯了，老天！
让我能克制自己；我不想发疯！

侍臣上。

怎么样了！马备好了没有？

侍臣　备好了，陛下。

里　来吧，孩子。

“傻子”

哪一个傻大姐只看我瞎窜好笑，

要当心一会儿上了当还莫名其妙！

〔同下。

43—44　这收场押韵的两行五步诗，是对观众说的，颇有些学者认为非莎士比亚手笔，而是演出中小丑的即兴插科。原文粗鄙，改译成“还莫名其妙”的原短语尤为不堪，似不合“傻子”的性格。解释也有多种，这里取此说——“若只见‘傻子’冷嘲热讽的好笑方面，不识里亚此去的可悲命运，那就傻到怎样怎样了”，或者可以说，只笑“荒唐言”（和“行”），不解“辛酸泪”。“瞎窜”（原文“离去”）与“瞎缠”（“胡诌”、“瞎扯”、“胡闹”）照原文谐音。

第二幕

第一场　格罗斯特堡邸中一庭院。

艾德孟与寇兰相遇上。

孟　天保佑，寇兰。

寇　天保佑，少爷。我刚见过了令尊，通知他康瓦尔公爵和芮艮公爵夫人今晚上来他这里。

孟　有什么事情？

寇　我也不知道。你听见外边的消息了吗？我是说那些私底下的传闻，因为目前还只是些交头接耳的话题。

孟　我没有听说。请问是些什么谣传？

寇　你没有听说康瓦尔和阿尔巴尼之间可能快打起仗来了吗？

孟　一句也没有听说过。

寇　你到时候自然会听到的。再见，少爷。〔下。

孟　公爵今晚上来这里！倒更好！最好了！

这一来不由得正好便利我行事。
父亲已经布置好，要抓住哥哥；
我就有一件事，办起来得非常小心的，
一定要办好。愿我运气好，马到成功！
哥哥，说句话！下来！哥哥，喂！

艾德加上。

父亲在看着呢：老兄啊，快逃开这儿！
有人已经报告他你躲在这儿了。
现在你可以利用黑夜的方便。
你没有说过康瓦尔公爵的坏话吗？
他现在连夜急急忙忙的赶来了，
芮艮也同着来。你没有站在他一边，
信口对阿尔巴尼公爵攻击过什么吗？
想想看。

加　　我肯定没有说过一句话。

孟　我听见父亲来了。请你原谅，
我得骗他们，假装拔剑来刺你

你拔剑；假装自卫；好好斗一下。
投降！到父亲跟前来！照一照！这儿！
哥哥快逃。来火把，来火把！再见。

〔艾德加下。

我身上刺出点血来，会使人相信　　〔刺臂。
我拼过死命。我见过有些酒鬼，
闹着玩，干得还要凶。父亲，父亲！
站住，别逃！谁来呀？

格罗斯特及从仆多人举火炬上。

格　　艾德孟，坏蛋呢？
孟　他刚才就站在这儿黑暗里，拔了剑，
嘴里念念有词，呼唤月亮
充当他吉利的保护神。
格　　他如今在哪儿？
孟　大人看，我流血哩。
格　　坏蛋在哪儿，艾德孟？
孟　往这边逃了，大人，因为他无法——

格　追他去，喂！快追！

〔从仆数人下。

他“无法”什么？

孟　无法劝说我杀害你父亲大人；
因为我告诉他疾恶如仇的神道，
把万钧天雷对准了杀父的罪行；
我讲儿子对父亲，血肉相连，
情义比天高地厚；总之，大人，
因为看见我对他忤逆的图谋
深恶痛绝，他就恶狠狠一下子
用剑朝我没有防备的身体
直戳过来，刺伤了我的胳臂；
因为看见我一怒而精神抖擞，
理直气壮，挺身迎上去厮拼，
或者是因为我一喊，吓破了他的胆，
他急忙拔脚就逃了。

格　管他逃多远，
他在这块国土上休想抓不到；
一抓到——就处决！高贵的公爵大人，

我的尊贵的恩主，今晚上要来。
我一定要请他批准我发布告示：
谁要是抓到了这个杀亲的懦夫
送上火刑柱来烧死，谁就得酬谢；
谁藏他，谁就得死。

孟　我劝他不要作他那种不轨的图谋，
发现他硬要干，就用严厉的语气
威吓说我要揭发他，他就回答说：
“你这传不到家当的私生子！你以为
我跟你作对起来，人家的信任，
或者你自己的品行和身份会使你
说话管用吗？不会的。我不但要否认
（我是一定会否认的。哪怕你拿出了
我的笔迹来作证）还要反咬你，
都得怪你的教唆，阴谋和诡计；
你除非把世人都当成傻瓜一个了，
才以为他们不想到我死了有好处，
对你显然是太大的引诱，不由不
使你要害我命哪。”

格　　　　　　　　好狠毒的畜生！

他说要否认他的信吗？我怎么生了他！

〔内喇叭奏乐段。

听号声！是公爵。我不知他为何来这里。

我要把港口都封了；那畜生逃不了；

公爵一定得允准我这么办。此外，

我要在全国到处贴他的图像，

使人人注意他。我的土地呢，

天性忠诚的孩子，我要设法

使你能继承到手。

康瓦尔、芮良及侍从上。

康　怎么样，尊贵的朋友？我一来这里

（还刚刚到呢，）就听说了离奇的事情。

芮　如消息属实，一切治罪的刑罚

用起来都会嫌太轻了。怎么样，伯爵？

格　夫人啊，我这颗老心是碎了，碎了。

芮　怎么！我父亲的教子谋害你性命吗？

还是我父亲取名字的，你那个艾德加？

格　公主啊公主，我真没有脸说它。

芮　他跟我父亲的那班捣乱的武士

不是常厮混在一起吗？

格　我还不知道，夫人。太坏了，太坏了！

孟　是的，夫人，他常跟那一帮结伴的。

芮　那就难怪他变得无情无义了。

一定是他们教唆他谋害老人家，

以便合伙来挥霍他的钱财呀。

我就在今天这晚上从姐姐那里

听说了他们的情形，她还警告我

说如果他们要来住我家的话，

我就不接待。

康　　　　　　我保证我也不，芮艮。

艾德孟，我听说你对你的父亲

克尽了孝道。

孟　　　　　　义所当然啊，殿下。

格　他揭穿他的阴谋，奋身去逮他，

就受了你现在看见的这个创伤。

康　有没有派人去追他？

格　　　　　　　　　　派了，大人。

康　只要他给抓到了，那就用不着
再怕他为害了。我完全授权于你
放手去采取措施。至于你，艾德孟，
你这番表现的忠心耿耿的品德
直令人赞美不止，我们要重用你。
这样可靠的品性，我们很需要；
我们算首先抢到你了。

孟　　　　　　　　　　　我遵命，殿下，
任怎样都尽忠效劳。

格　　　　　　　　　　我为他谢大人。

康　你知道不知道我们为什么来访——

芮　这么晚，摸索着穿过黑夜的针眼：
是有重要的事情，尊贵的格罗斯特，
我们必须来领教你的高见。
我父亲和我姐姐都写了信来
讲了他们的争执，我想最好是
不在家里写复信。双方的信使

就也来这里等回话。善良的老朋友，
你且息怒吧，为了我们的事情
替我们出一点主意，我们在等着
立即采用。

格　　　　　　我一定遵命，夫人。
非常欢迎殿下和夫人的光临。

〔喇叭鸣奏。同下。

第二场　格罗斯特堡邸前。

肯特与奥斯瓦尔德迎面上。

奥　清早好，朋友。是伯爵府里人吗？

肯　唔。

奥　我们在哪儿安置我们的马匹？

肯　在污泥里。

奥　劳驾，如蒙见爱，告诉我。

肯　我不爱你。

奥　那么好，我不理会你了。

肯　我把你送进了牙关镇牲口栏，看你理会我不理。

奥　你干吗这样对待我。我又不认识你。

肯　家伙，我可认识你。

奥　认识我是什么人？

肯　是一个坏蛋，一个无赖，一个吃剩菜残羹的；一个下流的，傲慢的，浅薄的，卑贱的，一年领三套衣服的，想积攒一百镑钱来博取上等人头衔的，穿粗毛袜子的肮脏狗腿子；一个胆小如鼠的，不敢还手只会告状的，婊子养的、爱照镜子、搔首弄姿的，帮闲助虐，过分献殷勤的，装模作样穷讲究的痞棍；只有一只箱子家私的奴才；你是甘愿卖淫来侍候人的，是下人、要饭的、胆小鬼，拉皮条的、狗杂种，这些货色的大杂烩;你对你这些称号，胆敢否认一个字，我会把你打得哇哇叫！

奥　什么，你真是多荒唐的一个怪家伙，这样子就随便破口

8　原文“利卜斯（lips，口、嘴唇）布里（bury 堡镇）”作为虚构的地名；在那里的“牲口栏”里，意谓“在掌中”、“在爪子里”、“咬在嘴里”。

13　仆人每年领三套衣服。

骂人，也不管你说不认识我，我也不认识你！

肯　你是个脸皮多厚的流氓，居然否认你认识我！我在国王面前把你绊倒，痛打你，可不是还只有两天吗？拔出剑来，你这个痞子，虽然天还黑，倒有月光：我要把你搞成个月光泡“卧果儿”。〔拔剑〕你这个婊子养的下贱胚，拔出剑来！

奥　去你的！我不来理会你。

肯　拔出剑来，你这个无赖！你带来了攻击国王的信件，甘当那个货色的帮凶、欺侮她的父王。拔出剑来，你这个流氓，要不然我就横切断你的胫骨！拔出剑来，你这个无赖！上前来！

奥　救命啊！杀人了！救命啊！

肯　刺过来，你这个奴才！站好，流氓！站好，你这个光净的奴才！刺过来！

奥　救命啊！杀人了，杀人了！

艾德孟执剑上。

孟　怎么了？怎么一回事？分开！

26　据说有一种菜叫“月光蛋”，即荷包蛋加料，这里译成“卧果儿”（或“碎果儿”）是沿用北京旧菜汤名。

肯　跟你来，好小子，我敬陪！来，我教教你；上前来，小少爷！

康瓦尔、芮艮、格罗斯特及从仆上。

格　动刀动剑的！这是怎么一回事？

康　千万快停住，看你们性命的面上！谁还要动剑，就得死。怎么一回事？

芮　是姐姐和国王派来的两个信使。

康　你们为什么争吵？说。

奥　我还喘不过气来哩，殿下。

肯　不奇怪，你那么样使起了你的勇气。你这个懦怯的无赖，造化不会承认你；是裁缝造出来的你。

康　你是个怪家伙；裁缝会造出一个人？

肯　是裁缝，大人。一个石匠或者画匠不可能把他制造得这么坏，即使他们只不过学了两年的手艺。

康　还是讲讲：你们是怎样吵起来的？

奥　这个老恶棍，殿下，我还是看在他灰白胡子的份上，才手下留情，饶了他的命，——

肯　你这婊子养的废物，用不着的货色！大人，如蒙你准许，我要把这个道地的坏蛋踩成泥巴去抹厕所的墙壁。饶了我的灰白胡子，你这只摇尾巴的鸟？

康　闭嘴，贱人！
　　你这撒野的奴才，懂不懂规矩？

肯　是，大人，可是气愤该享有一点受包涵的特权。

康　你为什么气愤？

肯　为的是这样的奴才，心里不正派，
　　身上居然要佩剑。这种笑面鬼，
　　象耗子，就会把解不开的天伦情义
　　咬成两断；见到他们的主子
　　动一点反常的念头，就百般逢迎，
　　火上加油，不然就雪上添霜；
　　否定，肯定，看他们主人的风向
　　随时转动他们的翡翠鸟尖嘴，
　　什么也不知道，真象狗，就知道跟。
　　烂掉你这个发了羊癫疯的脸蛋！
　　你笑我说话，当我是一个小丑吗？

66　据说翠鸟标本可悬置空中，以测风向。

呆鹅，我如在塞拉姆平原上碰见你，
准把你嘎嘎叫直赶回开米洛老家去。
康　什么！你疯了吗，老家伙？
格　你们怎样吵起架来的？讲这个。
肯　再没有什么人比我和这个坏蛋
更是水火不相容了。
康　为什么你叫他坏蛋？他坏在哪里？
肯　他的嘴脸不叫我喜欢。
康　我的呢，他的呢，她的呢，也许都不行。
肯　大人，我本分所在，理当直言：
我生平见过不少堂堂的面貌
都胜过眼前这些肩膀上所长的
任何一副。
康　　　　　这是个这样的家伙，
一旦因直率而受到称赞，就专爱
莽撞要无礼，说话矫揉造作，
违背了本性。他不能谄媚，他！

70　塞拉姆平原是指索尔兹布里平原，开米洛在英国何处，则众说不一。

他心地正直，坦率，必须说真话！
人家愿意听，好；不然就不客气。
我敢说这一路坏蛋在这种直率里
埋藏了奸诈和恶毒，比起二十个
哈腰折背，处处赔小心的蠢奴才
还要刁钻百倍。

肯　殿下容光焕发，威慑八方
犹如腓普斯额头火闪闪四射，
谨以真切的实意，恳挚的诚心
伏求明鉴亮察——

康　　　　　　　　你这是干什么？

肯　我是摆脱我自己的语言，因为这种语言这么样不讨你喜欢。我知道，大人，我不是拍马屁能手。用一种直截了当的腔调来骗你的，就是一个直截了当的坏蛋；就我而言，尽管我会有幸而博得殿下的白眼，求我当这种人，我还是不愿意当。

康　你究竟冒犯了他什么？

93　腓普斯（Phoebus），太阳神，即阿坡罗。

100　肯特这段话故意戏拟康瓦尔所期待的表示尊敬的矫揉造作语。

奥　我一点也没有冒犯过他。
最近他的王上，出于误会，
动了贵手，赏了我好一句耳光，
他就串通他，逢迎了他的脾气，
从后面把我绊倒了，得意忘形，
破口大骂，装出好汉的神气，
自命不凡，博得了王上的称赏，
全为的欺人家克制，试了一脚，
一试成功，便得意猖狂，在这里
更拔刀相见。

肯　　　　　　这些恶棍和懦夫
都能把阿傑士当傻瓜了。

康　　　　　　　　　　　把脚枷拿来！
你这个倔强的老坏蛋，你这老狂徒，
我们来教教你！

肯　　　　　　　大人，我太老，学不了。
别给我上脚枷；我侍候国王陛下，

112　阿傑士（Ajax），希腊传说中的勇士，以好夸口出名，此处所谓“当傻瓜”，意即还比不上他们。

我是奉他的派遣，前来这里的。
你们对我王上的地位和人身
就会表现的太不敬，太放肆，刻毒了，
要真是枷他的信使！

康　　　　　　　　　　　把脚枷拿来！
我用生命和荣誉担保他直枷到中午！

芮　到中午？到晚上，哼，整夜都不放！

肯　夫人，如果我是你父亲的一条狗，
你也不应该这样对待我。

芮　　　　　　　　　　　　　老兄，
你既是他的奴才，我就要这样办。

康　这正是跟我们大姐说起的那帮人
一个模样的家伙。把脚枷抬过来。

〔脚枷抬出。

格　容我恳求殿下不要这样做。
他的过失是不小，他有主子，
王上自会申斥他。这一种刑罚

125　此行原文与上行合并为一行，但多出一“步”，译文多出一行。

不免太低级了，那是用来惩戒
犯了小偷小摸这一般罪行的
最下流可鄙的贼人的。王上会见怪，
是他派来的信使，竟如此受侮辱，
挨到了这一种处分。

康　　　　　　　　我承担责任。

芮　我大姐，会觉得更难堪十倍，
要是听任她家臣为执行她使命
而遭受打骂。把他两条腿放进去。

〔肯特被纳入脚枷。

康　来，伯爵，我们走吧。

〔众下，仅留格罗斯特与肯特。

格　我为你抱憾，朋友；是公爵要这样，
他的脾气，全世界无人不知，
就是不容人劝阻。我为你求求情。

肯　不必了，大人。我赶路，没有合过眼；
现在就打个盹，另外就吹吹口哨。

138　或作芮艮继对康瓦尔说："来，殿下，我们走吧。"

好人的运气会从脚后跟长出来呐。

祝你早安！

格　是公爵不对；王上一定会见怪。　〔下。

肯　好王上，你一定会证实这一句老话：

头顶上好靠托上天的福荫也罢，

偏跑到酷热的太阳里干吗！

来吧，你这个照我们下界的明灯，

我好借助你这些殷勤的光线，

读一读这封信。困苦里最容易见奇迹：

我知道这是从考黛丽亚那里送来的，

她已经非常幸运的暗中听说了

我乔装打扮的行径；会等待时机，

远对着这里反常的局面，想法子

补救损失的。真是又累又缺睡；

沉重的眼睛啊，正好趁打盹机会

不去看这个可耻的息脚站。

运道啊，夜安；再笑笑；把轮子转过来！　〔入睡。

第三场　野外。*

艾德加上。

加　听说外边出了告示通缉我，

我幸亏躲进了一棵空心的老树，

逃脱了追捕。没有口岸是通行的；

没有地方不戒备森严，就等待

捉拿我到案。只要我还能逃避，

我就要保全自己；我有了主意：

贫困，为了糟蹋人，叫人样变兽貌，

所能想出的最卑下可怜的形状，

我就采取它。我要用污泥涂脸，

用毛毡束腰，把头发揉成乱结，

献出我的赤条条一身来顶它

风风雨雨，露天的一切折磨。

乡间给我提供了榜样和先例——

---

* 或作“林中”，旧版多作“同上场”，当时演出，肯特可能仍在台上，观众可视若无睹。

那些疯叫化子，他们怪声怪气的，
拿钢针、木锥、铁钉、迷迭香细枝
刺进他们的麻痹、僵木的光胳膊，
就带了这副可怕可憎的模样，
到那些小田庄、穷村落、磨坊、羊棚去，
有时凭狂叫乱咒，有时凭祈求，
索讨人家的施舍。“可怜的托姆呀！”
充当这，还有点奔头；艾德加可完了。 〔下。

第四场　格罗斯将堡邸前。

肯特留置足枷中。里亚、“傻子”及侍臣上。

里　奇怪，他们竟这样从家里出走了，
也不打发信使回话。

20　当时有不少乞丐，就这样装疯流浪，自称“可怜的托姆”。

侍臣　　　　　　　　　　我听说，

他们前天在家里还没有什么

走动的意思。

肯　　　　　　　　祝福，尊贵的主上！

里　哈！

你是拿羞辱消遣吗？

肯　　　　　　　　　　不是，陛下。

“傻子”

哈，哈！他套了好残酷无情的吊袜带哪！马是套头的，狗和熊是系颈的，猴子是缠腰的，人是捆腿的。一个人跑腿跑得太带劲了，他就得穿上木头做的袜子。

里　他是个什么人，竟不看你的身份，

锁你在这儿？

肯　　　　　　　　他和那个女的，

你的女婿和你的女儿。

里　不会。

肯　就是。

里　我说不会。

肯　我说就是。

里　不，不，他们不能。

肯　就是，他们干了。

里　凭朱庇特，我发誓说不能！

肯　凭宙诺，我发誓说就是！

里　　　　　　　　　　他们不敢干，
　他们不能干，他们不会干；要存心
　这样子胡作非为，比凶杀还坏。
　快平心静气回答我，你由我派来了，
　是怎样犯了罪，或者怎样无端，
　受到了人家这样的对待。

肯　　　　　　　　　　陛下，
　我到他们的家里把信递呈了；
　我还恭恭敬敬的跪在那里呢，
　就来了一个臭气熏人的信差，
　赶得臭汗满身的，喘不过气来。
　气咻咻为他的女主人戈奈丽尔致意；

19　朱庇特，罗马神话中的天帝。

20　宙诺（Juno），罗马神话中的天后。

22　“要存心这样子胡作非为”或解作“对尊敬这样子粗暴践踏”（尊敬是指对国王使者的尊敬或人格化的尊敬或礼貌）。

也不管把我打断了，呈上她的信，
他们立即就读了，一读之后，
立即召集了侍从，上马出发，
叫我随后跟去，等他们得空
让我回话，拿冷眼给我看了。
我在这里又遇到了那个信使，
一想起他受欢迎，害得我受冷待
（他就是最近对陛下曾经表现得
那么傲慢无礼的那个家伙）
我是勇而无谋的，当场拔了剑。
他用怯懦的大叫惊动了全家人。
你的女婿和你的女儿就认为
犯这点过失应配受这种羞辱。

“傻子”

如果野鹅向这个方向飞的话，冬天还没有过去哩。

做爹的穿了破衣裳，
子女就变了瞎眼睛，

44 一说（杜塞）野鹅秋往南飞，春往北飞，此处野鹅指芮艮和戈奈丽尔，“冬天”指里亚的苦难，“向这个方向飞”指如此作为。

做爹的背了大钱囊，

子女会显得最殷勤。

命运，那个婊子婆，

从不给穷人开门锁。

可是因此你从你的女儿们那里会得到一年都数不完的苦恼呢。

里　啊！这股气怎么直涌上我心头啊！

歇斯底里症！爬肠的悲痛，下去！

底下是你的地方。这女儿在哪里？

肯　跟伯爵在一起，陛下；就在这里边。

里　别跟我去，就待在这儿。　〔下。

侍臣

除了你说的，你没有犯更大过错吗？

肯　一点也没有。

王上怎么只带来这么少随从？

“傻子”

你就是为了问这个问题才叫人家锁进的脚枷，你是罪有应得。

肯　为什么，“傻子”？

“傻子”

你该当受点教训，学学蚂蚁，让你懂得冬天是没有什么可忙的，除了瞎子，凡是跟着鼻子走的都是受眼睛引导的；一个人发了霉气，二十个鼻子当中也不会有一个闻不出。一个大轮子滚下山去的时候，你最好松手，以免跟着去折断你的颈骨；可是当一个大人物上升的时候，就让他拖你一块儿走。要是有人给了你更好的忠告，那就把我的还给我。我只会叫贱人相信它，因为是一个傻瓜给的劝告。

谁为人服务，要只是图利，
　只是表面上跟跟，
天一变就快把铺盖打起，
　撇下你受风吹雨淋。
可是我不走，“傻子”要留下，
　就让聪明人溜走：
溜跑的贱人变成了真傻瓜，
　“傻子”可不是贱骨头。

肯　你从哪里学到的这点聪明，“傻子”？

“傻子”

不是从脚枷里，傻瓜。

里亚由格罗斯特陪同重上。

里　不肯跟我说话。他们不舒服，
　　累了，赶了一夜路？完全是推托，
　　十足符合抗拒和回避的行径。
　　拿一个较好的回答来给我。

格　　　　　　　　　　　　陛下，
　　你知道公爵有那种火爆脾气，
　　他要怎样做就是动摇不了的，
　　很固执。

里　　　　降灾殃！发瘟疫！死亡！毁灭！
　　火爆？脾气？啊，格罗斯特，格罗斯特，
　　我要跟康瓦尔公爵和夫人说话。

格　是啊，陛下，我已经报告过他们了。

里　报告过他们？你懂我的意思吗，你这人？

格　懂，陛下。

里　王上要跟康瓦尔说话，亲父亲
　　要跟亲女儿说话，叫她来侍候。
　　把这报告了他们吗？凭我的气和血！

火爆？火性子公爵？告诉火公爵——
不，且慢；也许他当真是不舒服：
我们健康的时候应尽的责任，
人一病往往都疏忽了。身上不好，
心上也跟着难受，天性受压抑，
人也就由不得自己。我要耐住；
要克制我的过于莽撞的行动，
不把有病的一时发作当成了
无病的装腔。我的王权该死！　〔目视肯特。
为什么要把他枷起来？这种行径
又使我相信公爵夫妻的回避
是存心捣鬼。把我的听差放出来。
去告诉公爵夫妻说我马上要
跟他们说话；叫他们出来听话，
要不然我要在他们的房门口敲鼓，
直到把睡梦都敲得粉碎。

格　我但愿你们大家和好。　〔下。

里　啊呀，我的心！心都翻上来了！下去！

“傻子”

对它喊吧，老伯伯，就象娇声娇气的婆娘，把鳗鱼活生生放到面糊里，用一根棍子轻轻的敲它们的脑袋，直叫着“下去，淘气鬼，下去！”也就是她的傻兄弟，纯粹出于爱马之心，竟把马吃的草料涂上了黄油。

格罗斯特随康瓦尔、芮良率从仆重上。

里　你们两口子早上好。

康　　　　　　　　　　　祝福，陛下。

〔肯特被解脱。

芮　见到陛下，我很高兴。

里　芮良，我以为你是的。我知道为什么
　　我得这样想：因为你要是不高兴，
　　我就要和你地下的母亲离婚，
　　让她背通奸的罪名。
　　〔对肯特〕　　　　　啊，你出来了？
　　这件事以后再说。亲爱的芮良，

113—116　鳗鱼不先杀死，就放进面糊去烤；喂马用黄油涂草料，使马不爱吃，这都是出于软心肠的愚举。是否有故事来源，无可考。

你姐姐真不是东西。芮良啊，她系了
利喙的无情，象兀鹰，在我这里。　〔指心。
我简直不能对你讲；你不会相信
她怀着多么恶劣的狠心——芮良啊！
芮　请大人忍耐一点。我倒是料想：
并非她对你有失孝敬，而是你
对她的苦心有失谅解。
里　　　　　　　　怎么？
芮　我不能设想我姐姐会有一点
疏忽她本分的地方。如果呀，大人，
她把你那些闹事的随从约束了，
那么理由很正当，用意全对头，
她无可指责。
里　我咒她！
芮　　　　啊，父亲大人，你老了；
你的天性已经到了边缘上，
要好好当心了。你得让心明眼亮人，
比你自己更明白你的情况的，
管管你，指引指引你。所以我请你

还是回到我们姐姐的身边去；
说你把她委屈了。
里　　　　　　　　求她的宽恕？
你只要看看这样还成何体统！
“亲爱的女儿，我向你供认我老了：　　〔下跪。
老人是无用的；我双膝跪下来求你
恩赐我几件衣服、一张床、一口饭！”
芮　大人，别这样；这个把戏太难看了。
回到我姐姐那里去。
里　〔起立〕　　　　　　决不去，芮艮！
她把我的随从削减了一半，
给我白眼看，象用毒蛇的牙齿，
用她的尖舌头直刺我这颗心。
上天积累的灾殃全给我降到
她忘恩负义的头上！催命的恶风，
摧残她的胎儿！
康　　　　　　　　不象话，不象话！
里　急速的闪电，把你灼人的火箭
直戳她嘲人的眼睛！毁她的美貌，

你由大太阳从篱笆吸出的瘴气，
害她个满身疮疥！

芮　啊，神明在上！你一旦发作，
也就会这样咒我。

里　不，芮艮，我永远不会咒你。
你有温柔的天性，决不会变成
泼悍，残暴。她的眼睛里有凶光；
你的眼睛温存而不烫人。你不会
吝惜我的享受，裁我的随侍，
跟我抢白，顶嘴，减我的费用，
甚至于做到这一步，闩上门闩，
叫我进不了大门。你却是懂得
天伦的情份、作为儿女的责任、
礼貌的表现、领受了深恩的感激：
你该是并没有忘记我赐与你的
一半的国土。

芮　　　　　　　大人，言归正传吧。

里　谁把我的人上枷的？

〔内喇叭吹奏。

康　　是谁的喇叭声？

芮　我知道，是我姐姐的。正如她信上说，

她马上要到这里了。

奥斯瓦尔德上。

夫人来了吗？

里　这奴才狐借虎威，倚势凌人，

全靠托他的女主人一时的恩宠。

滚出去，无赖！

康　　陛下是什么意思？

里　谁把我的人上了枷？芮艮，我但愿

你自己并不知道。谁来了？

戈奈丽尔上。

天啊，

如果你爱护老人，如果圣明

还认可孝顺，如果你自己也老了，

就主持公道，差遣神使来帮助我！

〔对戈奈丽尔〕

你有面目看我这一把胡子吗？
噢，芮艮，你竟愿牵她的手？

戈　为什么不能牵手？我错在哪里？
轻率所认为的，老朽昏聩所指责的，
都不是过错。

里　　　　　　　肚皮啊，你太厚实了！
还不会胀破吗？我的人是怎么上枷的？

康　我叫他上枷的，大人；他自己胡闹，
本该受更坏的处分。

里　　　　　　　　　　你？是你？

芮　我劝你，父亲，衰老了，就该安分了。
如果你回去和姐姐住在一起，
直住到一个月期满，把你的随从
辞退了一半，那就来我这里好了。
现在我又不在家，缺少供应，
无从接待你，满足你的需要。

里　回到她那里？还要辞退五十人？

不，我宁愿什么屋顶也不要，
甘心到外边去对抗露天的敌意，
去作野狼和鸱枭的一个伙伴，
忍受饥寒的掐脖子！跟她回去？
啊，热情的法兰西，不要嫁妆
娶了我小女儿，我如今尽可以落到
跪在他的御座前，象从仆一样，
讨恩俸来苟延残喘。跟她回去？
还不如劝我为这个可鄙的小人　〔指奥斯瓦尔德。
当奴才，作牛马得了！

戈　听便，大人。

里　我请你，女儿，不要逼得我发疯。
我决不麻烦你，我的孩子，永别了：
我们不再相会，不再相见。
你却是我的肉，我的血，我的女儿——
或者宁可说是我肉里的病毒，
我不得不承认是我的。你是个脓泡，
一个毒疮，一个肿胀的毒瘤，
来自我腐烂的血液。可是我，不骂你；

让耻辱要来自己来，我不会呼唤它。
我不请雷公来发射它的霹雳，
也不向最高的审判神乔武告状。
你能改了就改过，慢慢来改好：
我可以忍耐；我可以住芮艮这里。
我和我一百个武士。

芮　　　　　　　　　　那可不行。
我还没有盼你来，也没有准备好
给你作适当的欢迎。听姐姐吧，大人；
谁要是用理智来看看你的激动，
就只能认为都因为你老了，所以——
她明白她干的什么。

里　　　　　　　　　　这说得对吗？

芮　我敢说是对的，大人。五十个随从？
这还不好？你还要更多人干什么？
可不是，只开销和安全就已经不容许
维持这么多人数？同住一家，
受双重指挥，这么多仆从怎么能
和好相处。这太难，简直是不可能。

戈　为什么，大人，你不能就让二妹的
　　或者我的那些仆从来侍候你？
芮　为什么不能，大人？他们要怠慢你，
　　那我们就好约束了。你要来我这里，
　　（因为我现在看出有危险）我请你
　　就只带二十五个人，再多出一个
　　我就不承认，也不给地方住。
里　我给了你们一切——
芮　　　　　　　　　　你给得及时。
里　让你们做了我的监理人，托管人，
　　只保留一条：我得有这么多人数
　　随侍我。什么！我来你这里，只能带
　　二十五个人？芮良，你这样说的吗？
芮　我再说一遍，大人，不能再多了。
里　邪恶的货色还是会显得漂亮，
　　倘还有更为邪恶的；不是最坏，
　　就会有几分可取。
　　〔对戈奈丽尔〕　我就跟你去。
　　你的五十比起二十五多一倍，

你比她多一倍情分。

戈　　　　　　　　　　听我说，大人。

用得着二十五个人、十个人、五个人
跟你吗，要是家里有一倍的人数
早就在听命侍候你了？

芮　　　　　　　　　　用得着一个吗？

里　噢！别理论用得着用不着什么的！
最穷的叫化子穷里也总有点富裕。
不让有什么超出天然的需要，
人生就贱如狗命了。你是个贵夫人；
如果说仅仅穿暖和就算是奢华了，
你这种华贵的穿着，并不能保暖，
就不合天然的需要。真要讲需要——
天啊，给我忍耐——我需要忍耐！
天神们，看我这个可怜的老人，
年纪大，悲痛深；两方面一样凄惨！
如果是你们煽动的这些女儿
横下心来反父亲呢，就不要哄骗我
尽忍气吞声；激起我万丈怒火吧；

别让女人的武器，那些水滴儿，
玷污我男子汉脸颊！忤逆的妖婆，
我要对你们两个都进行报复，
以至叫全世界——我要干这种事情——
是什么我还说不准，但是准会叫
全世界震骇。你们以为我会哭；
不，我决不会哭：　　〔闻远处暴风雨声。
我有充分的理由要哭，但是
除非这颗心碎裂成千千万万片，
我决不会哭。“傻子”啊，我要发疯了！

〔下，格罗斯特、肯特及“傻子”随下。

康　我们进去吧；暴风雨要来了。

芮　这幢房子小；老头儿带他的那帮人
来这里可不好安顿。

戈　这只怪他自己；他不要心平气和，
就得尝尝荒唐的滋味。

芮　光是他自己，我会很乐意接待他，
可不能带一个随从。

戈　　　　我也是这样想。

格罗斯特伯爵上哪儿去了？

康　跟着老头儿出去的。他现在回来了。

格罗斯特重上。

格　国王在大发雷霆。

康　他上哪儿去？

格　他叫备马；去哪儿我可不知道？

康　最好就让他去；他就爱自作主张。

戈　伯爵，你可千万不要留他。

格　唉！天快要黑了，凄厉的冷风
刮得很紧。周围几里路以内
一个树丛都没有。

芮　嗨，伯爵，
刚愎的人们自己招来的磨难
正该去教训他们。把门户关紧；
跟随他的是一帮亡命之徒，
看他会轻易上当，如今还不知道
会怂恿他干出什么来，要提防才对。

康　关好门，伯爵；这是个险恶的夜晚：
我的芮艮说得对。躲开风暴吧。

〔同下。

第三幕

第一场　荒原。

暴风雨，雷电交加。肯特与一侍臣迎面上。

肯　是谁在那儿，顶着坏天气？

侍臣

心情象天气般极不宁静的一个人。

肯　我认识你的。王上在哪儿？

侍臣

正在同恼怒的四大原行在搏斗；
呼唤着大风把陆地直吹到海里去，
或者把滚滚的浪涛翻盖了大陆，
叫万事万物不翻转呢就同归于尽；
还揪着白头发，不只是听任狂飙
去瞎抓怒搅，对它丝毫也不尊重；

竭力把内心的小天地上下翻腾，
要赛过反复激荡的风风雨雨。
逢这种夜晚，喂仔觅食的母熊
都要躲起来，狮子和饿狼也不敢
去弄湿皮毛，他却是光着头乱跑，
叫谁来把全盘都掳去。

肯　　　　　　　　谁跟他在一起？

侍臣

只有“傻子”，他还竭力开玩笑
排遣他心头的伤痛。

肯　　　　　　　　我了解你老兄，
敢凭我对你的观察所得，委托你
办一桩重要的事情。目前阿尔巴尼
和康瓦尔之间，还互相用诡计
掩盖了表面，实际上正在闹分裂；
他们有（福星高照、身居高位的
谁没有？）看起来只是一般的仆从，

---

15 “全盘都掳去”，赌鬼孤注一掷的叫喊。

他们却为法兰西当间谍和密探，
搜集我国的情报。从两位公爵
彼此之间的明争暗斗里看出的
或者从他们共同对仁慈的老王上
冷酷无情里察觉的，或者发现了隐情，
相形之下，这些都无非是皮毛——
法兰西可确实向这个分裂的国家
派来了一支部队，乘我们疏忽，
早就在我们的几个最好的港口
秘密登陆了，如今正等待时机，
不久就揭起他们的旗帜。现在，
我要对你说：要是你敢于信赖我，
火速去多佛，你在那里会发现
有人会感谢你，只要你据实报告了
王上怎样遭受了悖理的屈辱，
逼得人发疯的痛苦。
我是个出身好、教养有素的上等人，

29 一般学者都认为此行以后至少佚失了一行或数行。

凭我对你的确实可靠的了解，
才把这个差使交给你。

侍臣
我回头再跟你细谈吧。

肯
不，不行。
为了证明我是远远高出了
我的外表，打开这个钱包，拿走
里边的东西。要是你见到考黛丽亚
（不用怕见不到）给她看这个戒指，
她就会告诉你现在你还不认识的
这家伙是谁？这风暴多么可恶！
我要去找王上。

侍臣
让我们握握手。你还有什么话要说吗？

肯
一句话，可是比说过的什么话都要紧：
我们首先找王上，你朝那边走，
我从这边去，谁要是先跟他碰上了，
就打个招呼。

〔分头下。

第二场　荒原另一处。

暴风雨继续不停。里亚与“傻子”上。

里　吹啊，大风，吹裂你的脸颊！
发作啊！吹啊！激流和狂飚，喷出来
泡透教堂的尖顶，淹没风信鸡！
快得象一转念那样的硫磺烈火，
劈开橡树的万钧雷霆的报信使，
烧我的白头吧！震撼一切的天雷，
把这个世界的圆鼓鼓肚皮打扁吧！
砸烂造物的模子，除根绝种，
再也生不出负心的人类！

“傻子”

噢，老伯伯，在一所干燥的房子里讨点圣水，总比在外边这样子淋着雨水要好啊。好伯伯，进去，向你的女儿们求求情！这样的黑夜，对聪明人对傻瓜都一样，不会有什么怜悯。

里　你就轰鸣个痛快！吐出火！喷出水！

风雨雷电都不是我的女儿。
我并不责怪你们对我的无情：
我并未赐你们国土，称你们为儿女；
你们无须顺从我。尽情施威吧。
我站在这里，算是你们的奴隶，
一个可怜的衰弱的受尽蔑视的老人。
可是我还得叫你们卑劣的帮凶：
你们竟串通了两个恶毒的女儿，
滥用天上的威力，打击这样个
又老又白的头颅。噢呵，真恶劣！

"傻子"

谁要是有一所房子好叫头颅钻进去，谁就是有一个好脑"袋"。
脑袋儿还没有房子住，
"吊袋儿"先有了安乐窝，
活该长虱子直叫苦：

---

26 "好脑'袋'"（a good head-piece），语带双关，一是"好冠冕"，一是"好头脑"。

27 "吊袋儿"，紧身裤（莎士比亚当时都穿这种裤）正前方挂袋，宫廷小丑穿此服装，照例在此难看部分安排得特别显眼，因此"吊袋儿"可转指阳物或职业小丑。

叫化子就这样讨老婆。

谁要把脚趾头太宠爱，

错把它当作了心肝，

准要为鸡脚眼喊痛，

直弄到睡觉也不安。

要知道自古以来还不曾有过一个漂亮女人不会对镜子做做鬼脸哩。

肯特上。

里　不，我一定要做忍耐的典范，

我什么也不说。

肯　是谁在那里？

“傻子”

哼，是王上和一个“吊袋儿”；一个是聪明人、一个是傻子。

肯　唉！陛下在这里？这样的夜晚

33　前四行指傻子都知道不该做的傻事，后四行指里亚已经干了的傻事。把脚趾当心肝，心上长鸡眼，也就难于睡觉（杜塞）。

35　“做鬼脸”也有蔑视意（杜塞）。

连喜欢夜晚的生物也都不喜欢。
暴怒的天空把夜游的野兽也吓住了，
使它们不敢出洞。我成年以来
从没有记得见识过这样的闪电，
这样可怕的霹雳，这样咆哮的
大风大雨。人的天性受不了
这样的折磨和恐怖。

里　　　　　　　　让我们头顶上
这么样惊天动地的伟大的神灵
找出来他们的仇敌。发抖吧，坏蛋，
你私下掩盖着尚未暴露的罪行，
还没有受到惩罚！躲起来，你凶手，
你发了假誓的，你假装道貌岸然
却干乱伦勾当的禽兽！下流胚，
你在伪善的幌子下谋害人命的，
魂飞魄散吧！秘藏深隐的罪愆，
钻出你们的画皮，向这些森严的
天庭差役们求饶吧！我是个倒霉人，
受害多于造孽啊。

肯　　　　　　　　唉，光着头？

陛下，离这儿不远有一个茅屋，
它会友好接待你避避风暴：
你且去息一下。那所冷酷的大厦，
（比它的石头墙还硬，我刚才去那里
探问过你的去向，却不让进屋）
我要再去打门，逼他们拿出
吝惜的人情。

里　　　　　　　我开始晕头转向了。

来吧，孩子。怎么样，孩子？冷吗？
我也觉得冷。草棚在哪儿，伙计？
人间的困苦真有奇妙的一手，
能把贱东西变宝贝。找你的茅屋去。
可怜的傻小子，我的心里倒还是
很有些为你难受呢。

“傻子”〔唱〕

谁要是还有点脑筋，
（嗨呵，又是风又是雨）
就一定要乐天安命，

管它天天风天天雨。

里　说得对，小子。带我们去找茅屋吧。

〔里亚与肯特下。

“傻子”

好一个叫婊子心冷的夜晚啊！我要说一个预言才走：

哪一天传教士只会说白话，
哪一天醴酒人用水搀麦芽，
哪一天贵王公给裁缝当帅傅，
信邪教不烧死，追女人受折磨，
那时节阿尔滨大好江山，
就要面临到一片混乱。

哪一天官司都审得明白，

75　此行原文不押脚韵，只在行中重复行 75 中的“雨”。
77　以下一段预言，十几行偶韵体诗，是几行伪乔塞诗的戏拟，5—6 两行原排为 11—12 行，后世学者（瓦堡敦、杜塞）改排成这样，因为这样较有意义：第一节指当时现实，第二节指空想世界。
80　贵人教裁缝，较好的解释是：当时贵人爱奇装异服，讲究穿着，好自出心裁。
82　阿尔滨即英国。

穷骑士、小跟班都不用欠债，
哪一天舌头上不生出谤毁，
扒手不钻到人丛里捣鬼，
放高利贷的当众点钱囊，
鸨母和窑姐盖起了教堂：
谁活到那一天，就会见识
走路是用脚的太平盛世。

这个预言梅林将要会作的，因为我活在比他早的时代。

〔下。

第三场　格罗斯特堡邸中一室。

格罗斯特与艾德孟上。

格　唉，唉，艾德孟，我不喜欢这种不近人情的作为。我请

91　“走路”“用脚”，指事物正常。

92　梅林（Merlin）传说为耶稣纪元后阿述王朝的宫廷巫师，里亚王故事传说远在纪元前。

求他们准许我照顾照顾他，他们就不许我随意用我自己的房子，责令我不再提起他，为他求情，或者以任何方式援助他，如若违命，就永远失去他们的欢心。

孟　太横蛮，太不近人情了！

格　得了，你可别说什么。两位公爵之间意见不合，还有比这点更坏的事情。今晚上我接到一封信，说出来是危险的，我把信锁进了壁橱。现在叫王上受虐待，会充分受报复的。一支军队已经有一部分登陆了；我们一定得站在国王一边。我要去找他，私下解救他；你去陪公爵谈谈话，免得他察觉我去做好事。要是他问起我就说我不舒服，睡了。即使我要为此送命，我受到的威胁也确实不会小于一死，我还是一定要搭救国王，我的老主人。奇怪的事情要来了，艾德孟；你要小心。〔下。

孟　禁止你，还偏去献殷勤，一定让公爵
　马上知道；也知道有那封来信。
　这是个立功受赏的好机缘，会使我
　得到父亲失去的——不止是钱财。
　老的倒了，年轻的才好起来。〔下。

第四场　茅舍前。

暴风雨继续不停。里亚、肯特及“傻子”上。

肯　就是这地方，陛下；请陛下进去吧：
露天的夜晚这么样风狂雨暴，
哪一个正常人也经受不住。
里　别管我。
肯　请陛下进去吧。
里　你要叫我心碎吗？
肯　我宁叫我自己心碎。请陛下进去吧。
里　这么样风雨交加，侵人肌肤，
你就以为了不得：你可以这么想。
可是有重病缠身，就不大会感觉
轻微的苦楚。你想逃避一只熊，
可是你只能向怒吼的大海逃去，
就宁愿迎面对熊了。心上自在，
身上才敏感，我这场内心的风暴
把我别的感觉都一扫而空，

就只剩这里的刺痛——儿女的忘恩！
这不是正象这张嘴要咬掉这只手，
就因为给它喂食吗？我可要痛惩的！
不，我不再流眼泪。这样的夜晚，
关我在门外吗？倾泻吧；我一定忍受。
这样的夜晚？噢，芮艮、戈奈丽尔！
老父亲好心肠把一切给了你们了！
啊，这么想会发疯的；让我避了它！
别再往这方面去想了。

肯　　　　　　　　请陛下进去吧。

里　你自己进去吧，去寻你的安逸；
风暴不会容许我仔细思量
使我更伤心的事情。我还是进去吧。
孩子，先进去。你们无家的穷苦人——
不，你进去；我先祷告了，再去睡。——

〔“傻子”下。

赤裸裸的可怜人，不论你们在哪儿
遭受到这种无情的暴风雨敲打，
凭你们光光的脑袋、空空的肚皮，

凭你们穿洞，开窗的褴褛，将怎样
抵御这样的天气啊？啊，我过去
对这点太不关心了！治一治，豪华；
袒胸去体验穷苦人怎样感受吧，
好叫你给他们抖下多余的东西，
表明天道还有点公平。

加 〔自内〕一哼半、一哼半！苦托姆！

〔“傻子”自茅舍内奔出。

“傻子”

别进来，老伯伯，这里有一个妖精。救命，救命！

肯 伸过手来。谁在那里？

“傻子”

一个妖精，一个妖精！他说他叫“苦托姆”。

肯 你在草堆里乱叫的是什么东西？
走出来！

艾德加乔装疯子上。

加 躲开！恶魔在追我！

冷风穿过刺篱笆吹过来。

哼！上床去暖和暖和吧。

里　你把一切都给了你的女儿们了吗？所以你弄到这个地步了吗？

加　谁把什么东西给我苦托姆？恶魔领着我穿过火，穿过焰，闯过浅水和深潭，踩过泥沼和泥浆；把快刀搁在我的枕头底下，把吊索放在我的圣堂座位上面；把耗子药摆在我的肉汤旁边；使我傲气十足，骑上一匹栗色的快马，奔过四吋宽的板桥，把自己的影子当奸贼去追赶。天保佑你的“五智”！托姆冷着呢。噢，哆嘀，哆嘀，哆嘀：天保佑你不遭恶风吹，不受灾星害，不中邪气毒！给我苦托姆发点慈悲，看他给恶鬼缠得好苦啊。现在我可以在这里抓住它了，在这里，又在这里，在这里！

〔暴风雨继续不停。

里　什么！是他的女儿们害他成这样吗？

你不能留一手吗？定要全给他们吗？

44—45　可能是流行歌曲的两行。

48　“把快刀……”起一段都是魔鬼引诱人自杀的办法。

51　“五智”据说是常识、想象力、幻觉、计算力、记忆力。喊“哆嘀……”表示人在发抖。

54　他可能抓身体各部分，好象抓虱子——或魔鬼（吉特立其）。

“傻子”

不是，他还留下了一条毯子，要不然叫我们都怪难为情了。

里　让高挂在上空，主罚罪孽的瘟疫
统统降到你的女儿们头上吧！

肯　他没有什么女儿，陛下。

里　该死的叛徒！只有他狠心的女儿们，
才会把人糟蹋到这样子不象人。
是不是被弃的父亲都行这一套了：
硬是对自己的肉体这么样不留情？
惩罚得多合适！正是这个肉体
生出的那些塘鹅一般女儿们。

加　　　小鸡鸡坐在小鸡鸡山上，
　　　啊罗，啊罗，噜，噜！

“傻子”

这个寒冷的夜晚要把我们都变成傻子和疯子了。

加　当心恶鬼。顺从父母，说话守信，不赌咒，不勾搭有夫之

65　指艾德加打扮成“苦托姆”，在臂上插的针、刺。

67　传说塘鹅以胸前的血喂小塘鹅。

68　“小鸡鸡”意为“小宝贝”，亦指男生殖器。可能艾德加在这里歪曲了儿歌的两句，用猥亵的双关语。

妇，不要把宝贵的心思用来讲究奢华的服装。托姆冷着呢。

里　你本来是干什么的？

加　当过自命不凡的听差，头发卷得鬈鬈的，帽子上佩几只手套；侍候过女主人内心的欲火，跟她干过不可告人的勾当；说过多少句话就发过多少句誓；就在青天白日下，句句都一笔勾销；睡过去还转着淫乱的念头，醒过来马上就干。嗜酒如命，爱骰子如宝，搞女人超过土耳其酋长。心肠假，耳根软，手段辣；猪一般懒，狐狸一般阴，狼一般贪，狗一般疯，狮子一般凶。别让细鞋的吱咯声、绸衣的悉索响，勾引你为女人颠倒了神魂。脚不要进窑子，手不要探裙子，笔不要上放债人的本子，要违抗恶鬼的引诱。

冷风还穿过刺篱笆吹过来。
说什么捽撒姆，姆恩嗨喏呢。

多芬，我的孩子，孩子！捽撒！让他奔过去。

72　一连串从《圣经》上摘引的训诫，艾德加念这些来祛魔。

74—75　卷发象贵公子；帽子上佩妇女手套，象宫廷情人（几只手套，从几个情妇得来）。

80　走起来使鞋吱咯作响，当时是一种时髦。

84　流行小调的重叠句，“捽撒姆，姆恩”无可考，或指风声。

87　“多芬”，无法解释，或说“恶鬼”名（缪尔）。

〔暴风雨继续不停。

里　你与其用你赤裸的身体来抵挡这种极端残酷的天气，还不如进坟墓呢。人无非如此吗？好好想想他。你不欠春蚕什么丝、牲口什么皮、绵羊什么毛、麝猫什么香啊。哈！我们三个都是搀了假的：你才是货真价实，本来面目。没有受文明装点了门面的人，原就是象你这样的一个寒伧、赤裸的两脚动物。去你的，去你的，你这些借来的劳什子！来，给我解这里的扣子。　〔力争撕脱衣服。

“傻子”

老伯伯，请安静一点；这样险恶的夜晚可不是游泳的时候。荒野里一点小小的火光就象是一个老色鬼的心：一星火热，全身冰冷。看，这儿来了一点走动的火光。

格罗斯特执一火炬上。

加　这是邪妖佛利伯第纪彼特。他初更起身，走到第一次鸡叫。他叫人害白内障，变斜眼，缺嘴唇，霉烂黄熟的麦穗，伤害地上的小动物。

96　“佛利伯第纪彼特”，舞魔名。

圣卫督上土坡去巡回走三次，
撞见了梦魇鬼和她的九小子；
　　叫她快下来，
　　发了誓才走开——
去你的，女妖巫，敕敕是令——斤！

肯　陛下感觉怎么样？

里　他是什么人？

肯　是谁在那里？你找什么？

格　你们是什么人？叫什么名字？

加　我叫苦托姆，我吃会游的青蛙，会跳的蛤蟆、蝌蚪、水蜥和壁虎；逢到恶鬼发怒了，心里一发火，就吃牛粪当凉拌菜；我吞老耗子和沟里的死狗；我喝死水潭的青苔衣；我从一个乡区给鞭打到另一个乡区，上枷，坐牢；我原来背上有三套外衣，身上有六件衬衣，

99—103　这些行据说是咒语，内容讲圣卫督制服梦魇鬼和她的九子。

103　“女妖巫”是召唤梦魇鬼作祟的。全行原文是“去你的，女妖巫，去你的”，但“去你的”，原文用的是旧术语，相当于我国旧日民间所谓驱邪咒语的结束句“敕敕是令——斥！”

111　根据一五九七年法令，流浪汉可以从一个教区鞭打、驱逐到另一个教区，直到回原教区。

113　贵绅的侍仆一年领三套外衣，六件衬衫。

跨下有马儿骑，腰里有剑儿佩，
七年来可只有这些来填肠胃——
耗子，老鼠和这一类小野味。

当心我的跟班。别闹，斯莫尔金；别闹，你这个恶鬼！
格　怎么，陛下没有好一点人作伴吗？
加　黑暗大王还不是一个堂堂绅士？他叫摩陀，又叫玛琥。
格　陛下，我们的骨肉变得这样坏，
竟至恨起了生身的父母。
加　苦托姆冷着呢。
格　跟我进去吧。我的责任不容许
服从你女儿们每一项残酷的命令。
尽管她们训令我关紧门户，
听任狂暴的黑夜抓住你逞凶，
我还是冒死出来要把你找到，
带你去准备好炉火和饮食的地方。
里　先让我跟这位科学家谈谈话。
打雷的原因是什么？

116　斯莫尔金，恶鬼。

肯　请陛下接受好意，进那所房子去。

里　我要跟这位第比斯学者说句话。
你专攻什么？

加　专研究防止恶鬼、杀灭害虫。

里　再让我私下里问你一句话。

肯　请你再来央求他快走吧，大人，
他开始头脑胡涂了。

格　　　　　　　　　你能怪他吗？

〔暴风雨继续不停。

女儿们要他命呢。啊，那位好肯特！
他说过会这样的，可怜他竟被放逐了！
你说王上要疯了；告诉你，朋友
我自己差不多也疯了。我有个儿子，
我现在把他剥夺了法权，他最近，
就在最近，还想谋害我呢；朋友，
父亲爱儿子，谁也不比我更爱他，
说真的，我都气昏了。什么个夜晚啊！

131　第比斯，和雅典一样，是古希腊学术中心。

我恳请陛下——

里　　　　　　　　噢，对不起，先生。

尊贵的科学家，我们在一起。

加　托姆冷着呢。

格　小家伙，进那边茅屋去；去暖和暖和。

里　我们都进去吧。

肯　　　　　　　　这边走，陛下。

里　　　　　　　　　　　　　　我跟他！

我就是要跟我的科学家在一起。

肯　大人，凑和他；就让他带着这家伙吧。

格　你把他带来吧。

肯　小子，来；跟我们一起走。

里　来吧，好雅典人。

格　别说话，别说话；嘘！

加　　　　　　　　罗兰准骑士向暗塔前行。

154　即雅典学者，参看 131 行注。

156　此行可能从一个已经失传的谣曲中引来，以下两行是艾德加瞎加的（杜塞）。罗兰是查理曼大帝扈从中最有名的人物，十二世纪《罗兰之歌》的主要角色，罗兰故事在此与“击杀巨人的雅克”牵扯在一起，一说此处是讲罗兰救妹，探入海怪（巨人）洞窟的海怪说了这句话。

他的入门话就是“发、福、芬，

我闻到一个不列颠人的血腥。”

〔同下。

第五场　格罗斯特堡邸中一室。

康瓦尔与艾德孟上。

康　我离开他的家以前非惩罚他不可。

孟　殿下，人家会怎样责备我，为了对主上尽忠，竟如此违背了对父亲的常情，想起来我就有点害怕。

康　我现在明白你的哥哥所以要害他的性命，并非全然是由于生性邪恶，而是他咎有应得，自己身上的坏处激起了人家的杀心。

孟　我的命运多乖戾啊，支持正义，就非得痛悔不可！这是他说起的那封信，内容可以证明他是为法兰西效劳的内奸。天啊！但愿没有这一桩叛国罪行，但愿不是偏偏由我来检举啊！

康　跟我一块儿去找公爵夫人。

孟　倘使这封信上说的情况是确实的，你手头就有大事要办了。

康　不管确实不确实，你这一下就封定是格罗斯特伯爵了。你去找找他是在哪里，好让他准备受我们逮捕。

孟　〔旁白〕如果我发现他在暗助老王，那就加重了他的嫌疑。〔对康瓦尔〕我一定坚持尽忠到底，虽然忠心和骨肉情分之间的冲突使我感到非常痛苦。

康　我完全信任你：你自会在我的恩宠里得到一位更亲爱的父亲。

〔同下。

第六场　邻接堡邸一农舍内室。

格罗斯特与肯特上。

格　这儿总比露天好；满可以将就着息息了。我再去张罗些什么来，搞得更凑和一些：我一会儿就来。

肯　他的全部智力都叫发怒给冲掉了。神明报答你的好心！

〔格罗斯特下。

里亚、艾德加及“傻子”上。

加　弗拉太雷托在唤我，告诉我尼禄在冥湖里钓青蛙。祷告吧，小天真，当心恶鬼。

“傻子”

老伯伯，请你告诉我一个疯子是一个绅士还是一个中农。

里　一个国王，一个国王！

“傻子”

不，他是一个中农，却有一个绅士儿子；他是一个疯子中农，因为让儿子比老子先成了一个绅士。

里　要有一千名勇士手持钢叉，
烧得通红的，嗞嗞响直刺透她们！

加　恶鬼咬我的背呢。

“傻子”

4　弗拉太雷托，小魔鬼名，尼禄，罗马名门，其中最出名的是暴君尼禄皇帝（54—68）。艾德加的胡诌中，名字多有出典可考，但事实往往是瞎扯。

一个人疯了才会相信狼会驯良，马不会得病，男小子会有真情，婊子婆不会发假誓。

里　一定这么办；我马上提审她们。

〔对艾德加〕

你来坐这儿，最有学问的大法官；

〔对“傻子”〕

贤长官，坐这儿。——来，两个母狐狸！

加　看他站在那里瞪眼睛呢！你要旁听的出席审判吗，夫人？

〔唱〕

贝西，过河来，到我这里。

“傻子”

〔唱〕

她的船有点漏，

她说不出口

为什么她不能过来找你。

加　恶鬼用夜莺的嗓子来缠苦托姆呢。霍卜丹斯在托姆的肚

18　“他”指魔鬼，也可能指里亚。

20　此节来自当时流行歌曲。

23　霍卜丹斯，也是魔鬼名，原为霍卜狄丹斯。

子里喊着要吃两条鲜鲭鱼。别咕咕叫了，黑天使；我没有东西给你吃。

肯　陛下怎么样？别站在那里发愣。

你想躺下来在这些软垫上息息吗？

里　我先要看她们受审。把见证带来。

〔对艾德加〕

你穿长袍的大法官，请上来就座。

〔对“傻子”〕

你是跟他一起执法的同僚，

坐在他的旁边。

〔对肯特〕　　你是陪审官，

也请坐下。

加　我们来秉公审判。

你是睡是醒呀，逗趣的牧羊人？

你的羊在麦地乱窜；

只要你张开小嘴来吹一声，

你的羊就能保安全。

37　可能也是谣曲中的一节。

噗儿，这是只灰色猫。

里　先提审她；这是戈奈丽尔。我在此当着尊严的堂上诸公郑重宣誓，她踢了可怜的王上，她的父亲。

“傻子”

过来，女人；你名叫戈奈丽尔吗？

里　她抵赖不了。

“傻子”

对不起，我还当你是一张小矮凳呢。

里　这里还有一个，一脸的凶相
说明她的心是什么做的。拦住她！
快抽刀，快拔剑，快点火！法庭舞弊！
枉法的贪官，为什么放她逃跑？

加　天保佑你的五智！

肯　啊，好可怜！陛下，你不是常夸说
能自我克制，现在怎么不克制了？

加　〔旁白〕

我开始为了他这么样流下热泪，

38　“噗儿”可能也是魔鬼名，这里更可能只是学猫叫声。

眼看会泄露我的假装了。

里　看我的这些小狗、大狗，

特雷、白朗吉、小宝，都对我吠叫哪。

加　托姆来扭头顶它们。滚开，恶狗们！

不管你长的是黑嘴巴白嘴巴，

哪怕你咬人用的是毒牙；

猛獒、灵猩、血猩、凶杂种，

公猎犬、母猎犬、哈巴儿毛茸茸，

尾巴拖地的，尾巴截掉的，

托姆准叫它又哭又号的：

只要一看我这样子耸耸头，

狗子就跳出门一下子都逃走。

哆嘀，哆嘀。摔撒！来，我们去赶集，跑庙会，上集镇。苦托姆，你的牛角筒干了。

里　叫他们解剖芮良，看她的心上长些什么。自然有什么缘由要造出这些硬心肠？〔对艾德加〕先生，我收留你当我的一百名武士之一；只是我不喜欢你这种服装的样子。你也许

65　牛角筒用以盛乞讨来的饮料。

会说这是波斯式；可还是把它换掉吧。
肯　陛下，在这里躺下来休息一会儿。
里　别嚷嚷，别嚷嚷；拉拢帏幕。好，好；我们到早上吃晚饭。
“傻子”
我到中午睡觉。

格罗斯特重上。

格　这边来，朋友。恩主王上在哪里呢？
肯　在这里，大人；可是不要去惊动他，
他神志不清了。
格　　　　　　　好朋友，请把他抱着。
我暗中听到了人家阴谋要害死他。
备好了一架卧车；把他放上去，
赶车上多佛去，朋友，你在那里
会受到欢迎和保护。把他抱起来；
你要是耽搁半小时，不仅是他，
还有你，还有要保卫他的任何人，
都肯定性命不保了。抱起来，抱起来，

跟我走，我马上带你去多少拿一些
出门的用品。

肯　　　　　　受压的天性睡着了。
休息还可能平复你崩溃的神经，
万一天不作美，条件不允许，
那就难治了。

〔对“傻子”〕

　　　　　　来帮我抬你的主人；
你不能留下来。

格　　　　　　快来，快来，走！

〔格罗斯特、肯特及“傻子”抬里亚下。

加　亲见到年高位尊的和我们同难，
自己的不幸就不感到有什么不堪。
独自忍受的精神上受罪最深，
自在逍遥都抛却到无缘无分。
倘若是忧伤有同伴，受苦有同伙，
心灵就可以跳过不少的折磨。
我的痛苦显得太微不足道，
既然是压我屈背的使国王更弯腰；

我有父亲他有女！托姆，快走！
注意上面的风声，等适当时候，
错把你糟蹋的判断证明你无辜，
给你平反了，就亮出你的真面目。
今夜里尽管还多事，愿国王能脱险！
躲好，躲好。 〔下。

第七场　格罗斯特堡邸中一室。

康瓦尔、芮艮、戈奈丽尔、艾德孟及仆从上。

康　〔对戈奈丽尔〕赶快去找你的夫君殿下；给他看这封信：法兰西军队登陆了。把叛贼格罗斯特找出来。

〔仆从数人下。

芮　把他立即绞死。

戈　把他的眼睛挖出来。

康　留给我随意处理他吧。艾德孟，你去陪侍我们的大姐：我们对你叛逆的父亲的惩罚不适于你在场目睹。你到公爵那里，就劝他火速准备；我们也一定这么办。我们之间的信使往还务必要快捷，灵通。再见，亲爱的大姐；再见，格罗斯特伯爵。

奥斯瓦尔德上。

怎么样？国王在哪儿？

奥　格罗斯特伯爵把他从这里送走了。
他有那么三十五六个武士，
热心的死党，跟他在大门口会齐，
再加上另外一些伯爵的仆从，
跟他一起奔多佛了，扬言说那里有
武装齐备的朋友。

康　　　　　　　　给夫人备马。

戈　再见，殿下和妹妹。

康　艾德孟，再见。

〔戈奈丽尔、艾德孟及奥斯瓦尔德下。

把叛贼格罗斯特找来；

当贼徒绑着他，带他到我们这里。

〔另有数仆下。

虽然我们不经过法定的程序，
不能判处他死刑，我们的权力
得迁就我们的忿怒，人家会非难，
却无法阻止。谁来了？是那个叛贼？

仆从带格罗斯特重上。

芮　忘恩负义的狐狸！就是他。
康　把他枯瘪的胳膊绑紧。
格　殿下们是什么意思？好朋友，该想想
　　你们是我的客。别给我过不去，朋友们。
康　绑住他，我说。

〔仆从缚之。

芮　　　　　　　　绑紧，绑紧。臭叛贼！
格　十足是狠心的夫人，我一点也不是。
康　绑他在这把椅子上。坏蛋，你会——

〔芮艮扯其须。

格　神明在上，你干了最无耻勾当，
扯我的胡子。
芮　这样白，这样个叛贼！
格　邪恶的夫人，
你从我脸上揪下的这些白胡子
一定会活起来控告你。我是东道主，
不该用强盗的手来这样子践踏
我殷勤待客的脸面。你要怎么样？
康　得。你最近从法兰西接到了什么信？
芮　干脆的回答，我们知道了真相。
康　你跟新近在本国登陆的叛徒们
有什么勾结？
芮　你把发疯的国王
是不是送到了他们的手里？说。
格　我接过一封信，纯凭猜测写下的，
写信人是不偏不倚的，并不站在
敌对的立场。
康　真奸刁。
芮　胡说八道。

康　你把国王送去了哪儿？

格　　　　　　　　　　去多佛。

芮　为什么去多佛？我们不是严令你——

康　为什么去多佛？让他回答这一点。

格　我给系上了桩子，得顶过狗咬了。

芮　为什么去多佛？

格　因为我不愿看见你残忍的指爪
抠出他可怜的老眼睛，也不愿看见你
凶姐姐用她的野猪牙咬他的圣体。
遭逢到漆黑的夜里吹淋他光头的
这种暴风雨，海洋都会翻起来
泼灭满天星斗的火花啊；
可怜的老人还洒泪来帮助天下雨。
这种风雨夜，狼到你门口来悲嚎，
你该还会说一句“好门房，开门吧”。
别的野兽都还会心软：可是我
会看到报应飞临这样的子女。

康　定叫你永远看不到。来按住椅子。
我要用脚来踩掉你这对眼睛。

格　谁要是希望能平安活到老年的，

救救我！——噢，残酷啊！噢，天啊！

芮　一只眼会嘲笑另一只，把那只也踩掉。

康　要是你看到报应——

仆人甲　　　　　　　　住手，大人！

我从小孩时候起就一直侍候你，

可是我对你再好的效劳也比不上

我此刻叫你住手。

芮　　　　　　　　怎么样，你这狗！

仆人甲

如果你下巴上长得有一绺胡子，

我要揪它来挑战。

芮　　　　　　　　你敢怎样？

康　我的狗奴才！　〔拔剑。

仆人甲　〔拔剑。

那就来，上前来，冒冒义愤的锋芒。

〔主仆相斗。

芮　给我剑。一个农奴敢这样犯上！　〔取剑从背后刺之。

仆人甲

喫，我给刺死了！你还剩一只眼，

大人，能看到他受点报应。啊！　〔死。

康　别让他再看见什么。去你的，破肉冻！

现在你还能发亮吗？

格　一片漆黑，没半点温暖。艾德孟呢？

我的儿子，点燃起天性的火花，

报复这一场暴行吧。

芮　　　　　　　　　滚出去，奸贼！

你还唤他，他才恨你哩。正是他

把你的奸谋统统透露给我们的，

他太正直，不会可怜你。

格　啊，我好蠢！那么艾德加受冤了。

神明宽恕我死罪，保佑他顺利！

芮　去把他推出大门，让他嗅着路

去多佛。

〔一仆引格罗斯特下。

怎么，殿下？你脸色怎么了？

康　我受了一处剑伤。跟我来，夫人。

没眼的坏蛋撵出去；这个死奴才
扔到粪堆里。芮良，我流血很快。
伤得真不是时候。把手臂伸给我。

〔芮良扶康瓦尔下。

仆人乙

如果这个人会有好下场，我不管
什么坏事都肯干了。

仆人丙　　　　如果她活得长，

而且太平无事的直活到老死，
女人都要变怪物了。

仆人乙

我们去跟随老伯爵，找那个疯叫化
领他到要去的地方；又疯又浪荡，
什么事情都好干。

仆人丙

你先走；我去找点纱布和蛋青
来敷他出血的脸。愿上天保佑他！

〔分头下。

第四幕

第一场　荒原。

艾德加上。

加　还是这样好，而且自知受蔑视，
远胜过受蔑视而老受奉承。最坏，
最低下，最受命运抛弃的东西
总还存希望，不用在恐惧中讨生活。
可悲的变化是从最好来的；
最坏会转为欢笑。那么，欢迎，
我所拥抱的你这个虚无的空气：
被你吹进了最坏境地的可怜人
不见你任何吹折了。可是谁来了？

格罗斯特由一老人引上。

父亲，可怜的给领着？人世啊人世！
要不是你变幻莫测使我们恨你，
谁也不甘心老死了。
老人　　　　噢，好主人！
我当你的和你父亲的佃户！
已经有八十个年头了。
格　去吧，你去吧！好朋友，你还是走吧，
你的帮助对我并没有用处；
还可能会把你害了。
老人　　　　你看不见路。
格　我没有什么路，所以也不需要眼睛；
我是在看得见东西的时候摔了跤。
富足常使人不经心，困苦反而会
于人有利。亲爱的儿子艾德加呀，
你是你父亲受骗发怒的牺牲品！
只要我生前还能用手摸到你，
我就算又有眼睛了。
老人　　　　怎么！是谁呀？
加〔旁白〕

天啊！谁能说“我到了最坏的地步”？
我现在比原先更糟了。

老人　　　　　　　　　　原来是疯托姆。

加〔旁白〕
我可能更糟：最坏还不是最坏，
只要我们还能说“这是最坏了”。

老人
小子，哪儿去？

格　　　　　　　　　可是一个叫化子？

老人　疯子，又是叫化子。

格　他还有头脑，要不然他不会讨饭。
昨夜的风暴里我见过这样个家伙，
他使我觉得一个人就是一条虫。
我的儿子就兜上心头，我的心
当时还不向他：我以后才另有所闻。
神灵对我们就象顽童对苍蝇，
他们杀我们取乐。

加〔旁白〕　　　　　　　怎么会这样的？
伤心人面前装傻瓜，真是个苦差事，

恼己也恼人。

〔对格罗斯特〕

老天保佑你老爷。

格　是那个光身的家伙吗？

老人　是，大人。

格　那么你走吧。如果，你还为了我
在去多佛的路上，走出一二哩，
赶上我们呢，就尽你的老情分；
带点东西来遮遮这个光身人，
我请他领我走。

老人　唉，他可是疯的呀！

格　遭殃的时世就兴疯子领瞎子啊。
你照我吩咐办，或者随你自便：
总之，你走吧。

老人
我给他拿我所有的最好的衣服，
不管结果会怎样。〔下。

格　小子，光家伙！

加　苦托姆冷着呢。

〔旁白〕　　　　　　　　我不能再假装下去了。

格　过来，小子。

加　〔旁白〕可是我还是得装。——

保佑你可爱的眼睛，它们流血哩。

格　你认识上多佛去的路吗？

加　既认识栅栏口和园门，也认识马路和人行道。苦托姆给人家把五智都吓出了窍。好人的儿子，保佑你不受恶鬼的滋扰！五个魔鬼一齐都附到了苦托姆的身上；一个是奥比狄克特，管淫欲的；一个是霍别狄屯斯，管黑暗世界的；一个是玛琥，管偷的；一个是摩陀，管凶杀的；一个是弗利伯第纪彼特，管做鬼脸的，他后来附到丫环和侍女的身上去了。所以，天保佑你老爷！

格　来，把钱包拿去，你这个可怜虫
受尽了灾殃的折磨。我如今落了难，
正是你走了运。愿天道永远如此。
快让穷奢极欲的富裕人感觉到
天网恢恢，别让他玩忽神规，
麻木不仁，竟至于视而不见；
从此分配上消除了过分的享用，

人人有足够的一份。你熟悉多佛吗？

加　熟悉，老爷。

格　那里有一个悬崖，崖头高耸
而巍然俯瞰着水石相激的深海。
只要把我直带到它的边缘上，
我会把身边的一些贵重东西
补偿你身受的困苦。到了那地点，
我就不需要引导了。

加　　　　　　　　　伸过手臂来，
苦托姆会把你引导。

〔同下。

第二场　阿尔巴尼公爵府前。

戈奈丽尔与艾德孟上。

戈　欢迎，伯爵。我那位软心肠丈夫

竟没有来路上接我们。

奥斯瓦尔德上。

喂，公爵呢？

奥　夫人，在里边；可变得另一个样了。
我对他讲到那支登陆的军队，
他竟笑笑；我告诉他说你要来了，
他的回答是“更糟”；我向他报告
格罗斯特怎样谋反，他的儿子
怎样效忠，他就把我叫傻瓜，
说我把正反是非完全颠倒了。
他把该是可恶的看作是可喜的，
喜欢的当作是讨厌的。

戈〔对艾德孟〕　那你就不进去。
他因为精神上有那种懦怯的畏惧，
就不敢挺身而出；他逆来顺受，
就避免还手。我们在路上盼望的
该可以实现。艾德孟，回我妹夫处；

催他快调集人马，由你去率领：
我在家交换家伙，把我的纺线杆
塞给我丈夫。这个可靠的忠仆
可以为我们联系；为切身利益，
你如果敢于冒险，你不久会听到
一位夫人的命令。戴这个；别说话；　〔赠信物。
低下头来，这一吻如果敢说话，
准会叫你的精神冲上九天。
琢磨琢磨，一路顺风。

孟　我誓死相报。

戈　　　　我最亲爱的格罗斯特！

〔艾德孟下。

啊，人与人竟是多么不同！
你才配享受一个女人的殷勤；
一个傻瓜却占了我的床笫。

奥　夫人，殿下来了。　〔下。

戈　我一向还值得听人家吹吹哨子的。

28—29　原文合成一行，多一步，译文多半行（即占一行地位）。

30　谚语有云“这是一条不值得吹哨子招呼的劣狗”。“听人家吹哨子”，也有受人侍候意。这里是指没有受迎接。

阿　戈奈丽尔，你还不如狂风吹了你
一脸的尘土。我担心你的脾气。
天性一旦蔑视了它的本源，
就难保不至于越出它的常轨。
一根树枝硬是割断和脱离了
养它的树液，自己一定会枯萎，
只有派烧毁的用场。
戈　不用多说了！这是愚蠢的说教。
阿　智慧和善良叫恶人看来是恶的，
粪土只赏识粪土。你们干得好？
是老虎，不是女儿，算什么行为！
一位父亲，一位仁善的老年人，
连狗熊也会对他俯首致敬的，
你们太野蛮，太堕落，却把他逼疯了！
我的贤襟弟竟能让你们这样吗？
蒙受他洪恩的一位大丈夫，君主！
要是上天并不马上就降下
有形的灾殃来惩罚这一种暴行，
就会有一天，

人类自己一定要互相吞食，
就象深海的怪物。
戈　　胆小的懦夫！
长的是挨批的脸颊、受辱的脑袋，
额上没有长一只能够分得清
荣誉和耻辱的眼睛；一点也不懂得；
还没有做坏事就先受惩罚的坏蛋
只有傻瓜才怜悯。你的铜鼓呢？
法兰西在我们无声的国土上展旗了，
盔羽飘扬，正威胁你的邦家，
而你，说教的傻瓜，还坐着苦叫
“唉，他干吗呀？”
阿　　看看你自己，魔鬼！
恶魔的丑恶嘴脸还不及女人的
更叫人恶心。
戈　　啊，痴呆的蠢货！
阿　变形藏身的东西，该知道羞耻，

63　“藏身”各家解释不一，“把女人的真身藏到兽怪或魔鬼的形状之下”一说，似较圆满。

别把面目搞狰狞了！要是我可以
容许这双手顺从我的血性，
它们很容易把你的肉和骨头
都撕碎，拧断：尽管你是个恶魔，
女身还是保了你。

戈　哼，你算有丈夫气——妙！

一信使上。

阿　有什么消息？

信使

啊！殿下，康瓦尔公爵死了；
被他的仆人杀死的，他当时要踩掉
格罗斯特另一只眼睛。

阿　　　　格罗斯特的眼睛！

信使

他养的一个仆人，激于义愤，

69　作猫叫声，常表蔑视意。

反对这一个行径，拔剑对主人，
主人一见大怒，向他扑过去，
就在两个人交手里把他刺死了；
可是自己也受了重伤，后来
就因此丧生。

阿　　　　　　　　　这表明天有眼睛，
我们下界的罪孽马上就受惩了！
可是，噢，可怜的格罗斯特！他丢了
另一只眼睛吗？

信使　　　　　　　　都丢了，都丢了，殿下。
这封信，夫人，要求迅速答复；
你姐姐写的。　　　　　　　　〔呈信。

戈〔旁白〕　　　一方面我听了很高兴，
可是她成了寡妇，我的格罗斯特
又跟她在一起，我的空中楼阁，
可能会全摧了，害苦了我的一生。
另外看，这消息还不坏。——我读了就答复。　　〔下。

阿　他们挖眼睛的时候，他儿子在哪里呢？

信使

跟夫人到这里来了。

阿　　　　　　　　　　　他没有在这里。

信使

是呀，殿下；我遇见他往回走了。

阿　他知道他们要下毒手吗？

信使

知道，殿下；还是他告发了他的，
他离家，也是存心让他们好放手
进行惩罚呀。

阿　　　　　　　　格罗斯特，我这一辈子
要感谢你对国王表现的深情，
为你的眼睛报仇。这儿来，朋友；
你还知道些什么都告诉我吧。

〔同下。

第三场　多佛附近法兰西军营地。

肯特与一侍臣上。

肯　为什么法兰西国王这么样突然回去了，你知道缘因吗？

侍臣　他在国内留得有不周到的地方，他出来以后才想起，事关国家的安危，十分紧要，非得他亲自回去料理不可。

肯　他留下谁统率部队？

侍臣　拉法尔元帅。

肯　你的信可曾把王后感动了，有什么悲痛的表示吗？

侍臣

有啊，大人；她当场一接信就读了，
一大颗一大颗眼泪不时的流下
娇嫩的脸颊。她象是威严的女王，
能镇住激情，激情却象个大叛逆，
竭力要对她称王。

肯　　　　　　　　噢！她感动了。

侍臣

并不发怒；隐忍和忧伤在竞争，
要看谁能给她最美的表情。你见过
阳光里下雨吧；她的微笑和流泪
正相似，只是更美些：自在的笑纹
游戏在圆熟的小嘴上，似乎不知道

眼里有什么过客正离开那里，
就象珍珠从钻石上掉下来。总之，
悲伤如不仅对她才这样相宜呢，
那就是稀罕的珍品了。

肯　　　　　　　　　　　　她没有说话吗？

侍臣

说过，她有一两次好容易吐出了，
“父亲”这个词，仿佛它压了她的心；
喊着“姐姐俩，姐姐俩！夫人们可耻！
肯特！父亲！姐姐俩！风暴里？黑夜里？
有心人谁也不相信！”她说到这里
就从天人般眼睛里洒下来圣水，
淹没了哭喊，然后她移步走开，
独自去对付忧愁了。

肯　　　　　　　　　　　这是靠星宿，

星宿在上面主宰了我们的品性，
要不然同一对父母生不出这么样

18　莎士比亚常称泪为珠，也曾以钻石比眼睛（缪尔）。

不同的儿女。你没有再跟她说话吗？
侍臣　没有。
肯　那时候国王还没有回去吗？
侍臣　　　　　　　　　　　回去了。
肯　好，先生，可怜的受难王里亚
已经在镇上，他有时头脑清醒些，
还记得我们是来干什么的，可不肯
见他的女儿。
侍臣　　　　　　那是为什么，大人？
肯　强烈的惭愧挡着他：他自己无情，
剥夺她应受的亲恩，把她赶出门
去担受异邦的风险，把她的权利
分送给那两个狼心狗肺的女儿——
这种种使他痛心，羞愧如焚，
不愿见考黛丽亚。
侍臣　　　　　　　　唉，可怜的老人家！
肯　关于阿尔巴尼和康瓦尔的部队，
你没有听到什么吗？
侍臣　　　　　　　　　他们出动了。

肯　好，先生，我带你去见老王上，
留你侍候他。有一个重要的缘由
需要我暂时隐藏我的真相；
等到你知道我是谁了，你不会后悔
跟我结识了这一场。请你跟我
一块儿去吧。

〔同下。

第四场　同前。

旗鼓前导，考黛丽亚、医师及士兵上。

考　唉，是他！刚才还有人看见他
疯得象翻腾的怒海，高声歌唱着，
头上戴满了茂密的地烟和垅荆，
还有牛蒡、毒药芹、荨麻、野樱草、
稗草、养人的麦子丛里滋生的

各种莠草。派一连士兵出去，
搜遍每一亩麦苗高长的田地，
找他来跟我相见。

〔一军官下。

人间的医学

能想出什么来恢复他丧失的神志？
谁能救治他，我一切身外物都归他。

医师

有办法，娘娘。
抚养我们身心的保姆是宁息，
他就是缺少这一个。要使他安眠，
有许多灵验的药草，服用了会阖上
痛苦的眼睛。

考　　愿一切通神的秘室，
地上的一切未经宣露的灵药，
随我的眼泪而涌现，帮助好人
解除痛苦吧！寻找他，快去寻找他，
只怕他无法控制的狂乱毁了他
失却指引的生命。

一信使上。

信使　报告娘娘！

不列颠大军正在向这边开来了。

考　先已经知道了；我们已有准备，

正等待他们。啊，亲爱的父亲，

我这次出动，就是为你的事情！

因此法兰西大王

为我的悲痛和哀求的眼泪感动了。

我们兴师，不是有狂妄的野心，

只是出于爱，为老父主持正义。

但愿我不久能听到他，见到他！

〔同下。

第五场　格罗斯特堡邸中一室。

芮良与奥斯瓦尔德上。

芮　姐夫的部队出动了？

奥　出动了，夫人。

芮　他亲自统率吗？

奥　夫人，非常勉强。

你姐姐倒是更象个军人。

芮　艾德孟伯爵在你们老爷家里

没有跟他说过话吗？

奥　没有，夫人。

芮　我姐姐给他写信，有什么事由？

奥　不知道，夫人。

芮　说真的，他有要事，已经走了。

实在太胡涂了，格罗斯特挖了眼睛，

竟让他还活着；他所到各处都激起了

反对我们的人心。艾德孟，我想，

是为了垂怜他的悲惨，去结果

他昏天黑地的性命的，同时去察看

敌人的兵力。

奥　我必须找他去，送上这封信，夫人。

芮　我们的部队明天走，跟我们在一起，

路上危险。

奥　　　　　　我不能耽搁，夫人；
我们家夫人责令我不耽误差事。

芮　为什么她要给艾德孟写信呢？你不能
为她传话吗？也许，有什么名堂——
我可不知道。我会对你很好的，
让我来把信拆开吧。

奥　　　　　　　　夫人，我可——

芮　我知道你们家夫人不爱她丈夫；
我敢保如此：她最近在这里的时候，
就跟高贵的艾德孟挤眉弄眼，
意思最明白了。我知道你是她心腹。

奥　我吗，夫人？

芮　我是说的知情话；你就是，我知道。
所以我现在劝你注意这一点：
我丈夫死了，艾德孟和我谈过了，
他同我成亲比同你们家夫人
要合适多了。其余你可以推想到。

如果你找到他，请把这个交给他；
你们家夫人听了我对你说的话，
就请她用出头脑来想个明白。
好了，再见。
万一你碰巧听说到瞎叛贼在哪里，
谁把他结果了性命，谁就得重赏。
奥　但愿我能够亲自碰上他，夫人！
我自会表明是站在哪一边。
芮　　　　　　　　　　　　再见。

〔同下。

第六场　多佛乡间。

艾德加作农民装束引格罗斯特上。

33　可能是一个信物或一封信，但奥斯瓦尔德后来被杀后身上只发现一封信，也没有发现什么信物，可能莎士比亚在此强调了芮良的情不自禁，在后又不愿使奥斯瓦尔德被杀一场，因在身上发现两封信或另有一信物而使情节复杂化，因而冲淡了效果。

格　什么时候我才会到那座山顶？

加　你正在爬上去，看我们走起来多费劲。

格　我以为路是平的呢。

加　　　　　　　　　陡得可怕。

听，你听见大海吗？

格　　　　　　　　　听不见，真的。

加　啊，那么就因为你眼睛发痛，

别的感官也不灵了。

格　　　　　　　　　真可能是这样。

我以为你的声音也变了，你现在

说话的措词和用意比原先得当了。

加　是你听错了；我除了穿的衣服，

毫无改变。

格　　　　　我以为你讲话象话了。

加　上来，大人，就是这地方：站稳；

把眼睛往下望，多可怕，多叫人头晕！

底下半空里盘旋的乌鸦看起来

还不如甲虫大。崖半腰挂着一个人

采集海茴香——多么吓人的行业！

似乎他只有人头这么大小。
海滩上走路的打鱼人显得象老鼠。
停泊在那边的一只大船缩小成
它带的小艇，小艇变一个浮标，
更小到几乎看不见。汹涌的浪涛
冲击着无数的乱石子，呼呼作响，
这么高就听不见了。我不看下去了，
生怕头晕眼花了人就一下子
直栽了下去。
格　　　　　　扶我到你站的地方。
加　伸过手来。现在你离紧边缘
只有一呎地了。天底下什么好事情
也休想能叫我再蹦跳一下了。
格　　　　　　　　　　　　　放手。
朋友，这里还有个荷包，里边有
一颗宝石，值得个穷人来拿去。
天保佑你亨通如意！再走远一点，
告别一声，让我听见你走开。
加　现在就再见了，好大人。

格　　　　　　　　　　　　衷心祝你好。

加〔旁白〕

我所以要这样捉弄他的绝望，
就是为了治好它。

格〔下跪〕　　　　　　万能的天神啊！

我现在弃绝尘世，当着你们面
安然摆脱我惨酷无比的痛苦。
如果我还能忍受它而不致和你们
不可抗拒的意志发生冲突，
可厌的风烛残年也自会烧尽。
要是艾德加还活着，噢，祝福他！——
朋友，再见。

加　　　　　　　　我走了，大人；再见。

〔格罗斯特纵身前跃，落地昏厥。

然而当生命自愿受劫的时候，
幻觉不会把宝贵的生命劫走吗？
如果他真到了他想要到的地方，
现在该不能思想了。死了呢？还活着？
喂，老先生！听着，朋友！说话呀！

看来他也许真死了：他可又苏醒了。
你是什么人，先生？

格　　　　　　　　　　　走开，让我死。

加　如果你不是羽毛、游丝、气体，
从这么几十丈高处直栽下来，
你该象鸡蛋样粉碎了：可是你还有气，
有分量，不流血，能说话，还挺完好呢。
十根桅杆接起来也还达不到
你这样垂直往下掉落的高度。
你的命是个奇迹。你再说说话。

格　可是我究竟掉下过没有？

加　还不是从这个悬崖的险顶上掉下的？
你向高处看；飞鸣的云雀简直是
远到看不见，听不见。抬头望望看。

格　唉！我没有眼睛。
难道苦命人连寻死都没有权利了？
可是悲惨能消磨暴君的狂怒，
挫败他骄横跋扈的意志，想起来
也不无小慰。

加　　　　　　　把你的手臂伸给我。
起来，好。怎么样？有腿吗？站稳。
格　很好，很好。
加　　　　　　　这可真奇怪到绝点了。
刚才在悬崖顶上跟你分手的
是什么玩意儿？
格　　　　　　　　是一个可怜的叫化子。
加　我站在这儿底下，看他的眼睛
象两轮满月；他有一千个鼻子，
头上出角，弯得象汹涌的海浪。
准是个恶魔。因此，幸运的老爹爹，
该想到是清明无比的神灵救了你，
他们能做到凡人做不到的事情。
格　我现在记得了。我从此要忍住痛苦，
直等到它自己喊出来“够了，够了”
才死去。你刚才讲的那个东西，
我原来以为是个人。他口里老说
“恶鬼，恶鬼”；是他带我到那地方的。
加　你得想开些，克制些。可是谁来了？

里亚头戴野花荆棘上。

清明的神志决不会把它的主人
打扮成这样啊。

里　不，他们不能控告我私铸钱币；我就是国王呀。

加　噢，你这个令人痛心的样子啊！

里　在这一点上，天然就超过了人工。给你应征预付的饷金。那个家伙弯弓的姿势，就象是田头赶乌鸦的稻草人：给我射一枝一码长的标准箭。看，看，一只老鼠。停火，停火！这块烤过的奶酪就可以用来逮住它。这是我的铁手套；我敢向一个巨人挑战。把长戟队带上来。噢，飞得好快的鸟儿；正中靶心，正中靶心：咻！口令。

加　香麦荞兰。

里　过去。

格　我认识这一口声音。

里　哈！戈奈丽尔，长了一把白胡子！人家就象狗一样的奉承我，告诉我说我还没有长黑胡子以前先长了白胡子。我说“是”就说“是”，我说“不”就说“不”！唯唯诺诺不合乎神道。一朝雨来把我淋湿了，风来刮得我牙齿直磕碰，雷定要闹下去，不听我吩咐，我就看出了他们，闻出了他们！去他的，他们是言不由衷的人：他们告诉我说我是一切：这是撒谎——我也免不了会打摆子。

格　这讲话声调我确实记得清楚：
　　这不是王上吗？

里　　　　　　　　　　　　对，十足是国王。
　　我一瞪眼睛臣下就浑身发抖，
　　我赦免那个人死刑。你犯什么案？
　　通奸案？
　　不叫你死。为通奸而死？不！
　　鹪鹩也会这么干；细小的小苍蝇
　　就在我眼前乱搞。
　　让通奸兴旺吧：格罗斯特私生的儿子，
　　比我在合法的床褥间生出的女儿们
　　倒还对父亲亲切。
　　淫欲横流吧！我正缺少兵丁呢。

102　以下一段疯话（103 行—125 行），古本（各种四开本、对折本），排列不一，混乱，有的全作散文体，有的部分作格律诗体，后世各版本通常就如此作格律体长短句排列（因为象破碎的五步素诗体）。莎士比亚剧中人物，平常作庄严的五步素诗体道白的，激动到情不自已时也会用散文体讲话。

看那个痴笑的女人，
脸上表示腿间有冰雪般皎洁，
假装正经，一听到寻欢的字眼，
就忸怩作态，直摇头；
其实干起那个来，比臭猫和骚马
还要来得欢，来得浪。
她们虽然上半身还是女人，
下半身却是淫马怪。
神祇占有腰部以上的领域，
底下就全归了魔鬼：那里是地狱，
是黑暗世界，硫磺坑，烧着，烫着，
溃烂，臭不可闻；呔、呔、呔！呸、呸！
给我来一两麝香，药房好掌柜，
熏我的想象。
给你钱。

格　　　　　噢！让我吻一吻这只手。

里　让我先擦净了；上面有一股人臭味。

格　毁了，自然的杰作！大千世界

也会这样子耗损掉。你还认识我吗？

里　我记得你这对眼睛。你在瞟我吗？
不，瞎丘比特，随你搞，我不会再爱。
读读这封挑战书，注意写法。

格　即使你字字是太阳，我也看不见。

加〔旁白〕
听说到这种光景，我不会相信，
亲眼见到，不由我心都碎了。

里　读。

格　怎么！用眼眶吗？

里　啊，哈，你是这样意思吗？你头上没有眼，你袋里没有钱？你眼睛严重，你钱袋轻松；可是你却看得见这个世界的面目。

格　我感觉得出。

里　什么！疯了吗？一个人没有了眼睛就看得见这个世界的面目。用耳朵看吧：看那个法官怎样痛骂那个微贱的小偷。听，侧过耳朵来:换一换位置，现在猜猜看，哪一个是法官，

132　丘比特，罗马神话中的爱神，即希腊神话中的爱乐斯（Eros），淘气孩子，常把眼睛罩住，或作盲目。

哪一个是小偷？你看见过一户农家的狗咬一个叫化子吗？

格　看见过，大人。

里　还看见过那个家伙逃避那条狗吗？从那里你可以看到威权的伟大形象——狗当了道，人也就得听话。

你这个流氓公差，停住你毒手！
为什么鞭那个妓女？你自己敞开背！
你一心只想拿她来干那个勾当，
却为此而打她。放高利的绞杀骗小钱的。
衣衫褴褛，破绽里小恶大露，
锦袍掩蔽了一切。罪孽镀了金铠甲，
法律的长枪刺上去自己会折断；
裹上破布条，侏儒的草管也穿得透。
没有人犯罪，我说没有：我担保；
相信我，朋友，我有权力去封住
控诉人的嘴。你去配一副眼镜；
象一个卑鄙的阴谋家假装能看见
你不能看见的东西。来来，来来，
拔下我靴子；用劲，用劲；好。

加　〔旁白〕

啊！真情话和胡话交织在一起；
疯中有理！

里　你如要哭我的命运，拿我的眼睛去。
我明明认识你；你名叫格罗斯特。
你必须克制。我们是哭着出世的；
你知道我们第一次闻到空气
就呱呱哭了。我给你讲道：听好！

格　唉，唉呀！

里　我们一生下就哭泣我们来到了
这个傻子的大舞台。这是顶好帽！
把一队战马的蹄掌都钉上毡子
倒是个巧妙的计策：我要去实验，
等我偷袭到这些女婿们那里，
那就杀，杀，杀，杀，杀，杀！

一侍臣率侍众上。

侍臣

噢！他在这里：抓住他。陛下，

你最亲爱的女儿——

里　没有人救我？什么！俘虏了？我就是
天生受命运捉弄的。好好待我。
你们会得到赎身钱。找大夫救治我，
我的头破了。

侍臣　　　　　　你要什么都会有。

里　没有帮手吗？只有我一个人？
啊，这会使得人成为泪人儿了，
眼睛用作园里的水缶去喷洒，
秋天的尘土。我要死得勇敢，
象一个笔挺的新郎。我还要挺高兴。
来来，我是个国王，你们知道吗？

侍臣

你是圣明的王上，我们听从你。

里　那么倒还有一线希望。来吧，如果你们要抓住它；你们得
快跑，才能抓住它，沙沙、沙沙。　〔急奔下。

〔侍众紧随。

侍臣

最低微的可怜虫落到这种光景

就惨不忍睹了，何况是一个国王。
那两个使人性受到了普遍的摧残，
你却另有个女儿把它挽救了。

加　你好，老先生！

侍臣　　　　　　　　你好。你有什么事？

加　有没有听说就要打仗的消息吗？

侍臣

当然，人人都在说：谁要有耳朵
都不会听不到这一点。

加　　　　　　　　　　　　　可是，请问，
对方的军队有多近了？

侍臣

近了，来得很快：随时都可以
望得见主力部队了。

加　　　　　　　　　　　　谢谢你先生：
这就行了。

侍臣

虽然王后因事还留在这里，
部队已经上前去了。

加　谢谢你，先生。

〔侍臣下。

格　慈悲的神灵，请让我死得其时吧：
别让我身上的恶根性，不等天意，
就引诱我寻死。

加　祷告得很好，老爹爹。

格　好先生，你是什么人？

加　一个最苦的可怜人，乖乖的受尽了
命运的打击，切身体验了忧患，
所以最容易动怜悯。你把手伸给我，
我带你找个安顿处。

格　衷心感激：
愿上天多多赐恩，多多赐福！

奥斯瓦尔德上。

奥　正碰上悬赏要捕斩的凶犯！好运气！
你这个没有眼睛的脑袋生就是
让我发迹的台阶。倒霉的老叛贼，

赶快来忏悔一下；剑已经拔出了，
马上就毁了你。

格　　　　　　　　请你在友好的手上
用足了劲吧。

〔艾德加插入。

奥　　　　　　　胆大的村夫，你怎敢
袒护一个明令缉办的逆贼？
滚开，当心他那个晦气的命运
把你也沾染了。放开他的胳膊。

加　老先生，不好好说明理由，咱可不能放手。

瓦　放手，奴才，要不然你得死。

加　好先生你走你的道儿，别挡穷人的路子。咱要是怕吓唬的话，早半个月咱就该叫吓死了。不，别挨近老头儿；走开点儿，咱关照你一声，要不然咱就来试试，看是你的脑门硬还是我的棍子硬。咱对你可不讲客气。

奥　滚蛋，你这个粪堆里养的！

加　咱来收拾你，老兄。来；管你来什么劈刺！

〔二人交手，艾德加击奥斯瓦尔德倒地。

奥　奴才，你把我杀了。把钱袋拿去。

你要过好日子，得埋了我的尸体，
把我身上，带的信交给艾德盂，
格罗斯特伯爵；你到不列颠一边
去找他。死得真不是时候啊！死啊！　〔死。

加　我深知你为人：一条跑腿的乏走狗，
女主人犯什么罪行，都唯命是从，
要有多坏，就多坏。

格　怎么，他死了？

加　你坐下，老爹爹；你先休息一会儿。
我搜搜口袋；他刚才讲到的信件
许正是我的朋友。他死了；我只是
惋惜没有刽子手宰他。我来看：
对不起，好封蜡；礼貌，请不要见怪：
要知道敌人的心思，剖心肝也可以；
拆信就更合法了。

〔读信〕我们要记住彼此的誓约。你有许多机会除去他：只要你不缺少意志，时间和地点满可以由你任意利用。倘使他得胜回来，那就没有办法了：那时候我就是囚徒，他的床第就是我的监狱；从那种恶心的温热里把我解救出来，取代他的位置作为你辛勤的酬劳吧。

你的（我但愿说，夫人）恋慕的情人，

戈奈丽尔。

女人的心思啊多么茫无边际！
竟然要阴谋杀害她善良的丈夫，
换我的弟弟！就在这儿的沙子里，
我把你掩埋了，你这个为奸夫淫妇
奔走的下流信使；等时机成熟，
我要把这封卑劣的信件拿去给
险遭毒手的公爵看。他该庆幸我
能够告诉你死了，你干了好事！

格 国王是疯了；我这身可恶的知觉
却如此顽冥，我一站起来就痛感
无限的悲伤！我还是疯了才好：
那样就不会再想到我的悲哀，
错乱的幻觉也就会使我的痛苦
忘掉了自己。

〔远处战鼓声。

加 快把你的手伸给我：

我好像听见了远处有敲鼓的声音。
来吧，老爹爹，我找个朋友去安置你。

〔同下。

第七场　法兰西军营地一帐幕。

考黛丽亚、肯特、医师与侍臣上。

考　善良的肯特啊！我怎样才能报答
你的善行？我这一辈子太短了，
你却是功德无量。
肯　承娘娘赏识，就是莫大的酬劳了。
我所禀陈的都恰合事实的真相，
毫无增减。
考　　　　　　换上好点的衣服：
这一身破烂总叫人想起苦难的日子，
请你换了吧。

肯　　　　　　　　　请恕我，敬爱的娘娘；
　　太早亮本相，会妨碍我预定计划。
　　等时机到了，我认为合适以前，
　　求你暂充不认识我吧。
考　那就这样吧，伯爵。
　　〔对医师〕　　　　　王上怎样了？
医师　还是睡着呢。
考　慈悲的神灵啊，
　　治好他饱受凌虐的精神创伤！
　　这位受女儿逼害得错乱了的父亲，
　　调理好他的神经啊！
医师　　　　　　　　　　　　请问陛下
　　可否把王上唤醒？他睡得太久了。
考　照你的医道判断，认为该怎么办，
　　你就怎么办吧。他换好了衣服没有？
侍臣
　　换好了，娘娘：趁他熟睡的时候，
　　我们给他穿上了新衣裳。

医师

娘娘，请就近看我们把他叫醒，
我相信他已经神志清明。

考　　很好。

里亚卧抬椅内，由仆从舁上。

医师

请娘娘走前来。音乐要奏得响一些。

考　亲爱的父亲啊，但愿我的嘴唇上
挂着会使你康复的灵药，这一吻
会补救那两个姐姐在你的身心上
造成的剧烈的伤害！

肯　　温良的好公主！

考　即使你不是她们的生身父亲，
这一头白雪也该会动她们怜悯啊。
就是这张脸迎对过交攻的风暴吗？
就在最可怕，最急的闪电交织里
顶过不断发射出霹雳的惊雷吗？

就凭这一头发肤当盔兜去守过
决死的哨岗吗？我的敌人的恶狗，
虽然咬过我，那晚上我也会让它
进屋烤火。可怜的父亲，你甘愿
在稀疏发霉的草堆里和猪呀，
潦倒的流浪汉呀，同栖一棚吗？唉，唉！
真是奇迹啊，你没有一下子全丢了
生命和神智。他醒了，跟他说话吧。

医师　娘娘，你说吧；这样最合适。

考　父王怎么样？陛下感觉如何？

里　你们不该把我从坟墓里拉回来；
你是个有福的灵魂，我却是被缚在
一个火轮上，我的眼泪都变成
熔铅一样的烫人。

考　　　　　　　　　陛下认识我吗？

里　你是个灵魂，我知道，你几时死的？

考　还不行，还不行，太不着边际了。

医师

他还没有怎么醒；且不去惊扰他。

里　我到过哪里？现在在哪里？大白天吗？
我太胡涂了。我看见别人也如此，
也就会可怜死呢。我不知该说些什么。
我不敢打赌说这是我的手：让我看；
我感觉这一针刺痛。但愿我确知
自己的处境！
考　　　　　　噢，看看我，大人，
请伸手按到我头上为我祝福。
不，大人不能跪！
里　　　　　　　　请不要取笑我；
我是个非常愚蠢昏庸的老人
足足是八十岁以上，一点也不少；
而且，坦率的说吧，
我怕我的神经不怎样健全。
看来我该认识你，也认识这个人，
可是很怀疑：因为我全然不知道
这是什么地方；尽我的智能

53　或作“太受虐待了”。

我也记不起这身衣服，也不知
昨夜我是在哪里歇宿的。别笑我，
我分明是个人，我看这位夫人
就是我孩子考黛丽亚。

考　我是：我就是！

里　你是在流眼泪？真是的。请你不要哭。
倘使你有毒药给我，我一定喝它：
我知道你并不爱我，你两个姐姐
（我记得）对我不好；你是有理由的，
她们可没有。

考　没有理由，全没有。

里　我是在法兰西？

考　在你的本国，陛下。

里　不要哄骗我。

医师

请娘娘宽心：你看，他的疯狂
已经平息了；可是要有头有尾
提醒他过去的事情，那是危险的。
要他到里边去；不要再去搅扰他，

等他再平静一点。

考　陛下到里边去好不好？

里　你一定得包涵我一点才好。请你忘怀过去，宽恕过错；我是又老又胡涂了。

〔里亚、考黛丽亚、医师及侍众下。

侍臣　消息确实吗，先生，康瓦尔公爵真是这样被人刺杀了？

肯　千真万确，先生。

侍臣　现在是谁统率他的部下呢？

肯　听说是格罗斯特的那个私生子。

侍臣　人家说艾德加，他那个被驱逐的儿子，正在和肯特伯爵一块儿在日尔曼。

肯　传闻随时会有变化的。现在得好好警戒，本国的部队已经迅速逼近了。

侍臣　决一胜负看来免不了一场血战。再见，先生。　〔下。

肯　我的最后目的能不能达到，

全看今天这一仗胜负的分晓。　〔下。

第五幕

第一场　多佛附近不列颠军营地。

旗鼓前导，艾德孟、芮艮、军官、士兵上。

孟　〔对一军官〕

去问明公爵原议是否还算数，
他后来是否因为有任何缘由
而中途变了卦；他总是动摇不定，
顾忌太多；请他快拿出决心来。

〔军官下。

芮　大姐的那个差人一定出事了。
孟　恐怕是这样，夫人。
芮　　　　　　　　亲爱的爵爷，
你完全明白我对你怀抱的好意。
老实告诉我，不管怎样，老实说：

你不爱我姐姐吗？

孟　　　　　　　　光明正大的敬爱她。

芮　你从来没有转弯抹角深入过

我姐夫的禁地吗？

孟　　　　　　　　这样想，你就不对了。

芮　我怕你已经和她联成一片，

抱成一团了——不只是比喻的说法。

孟　凭我的名誉起誓说，决没有，夫人。

芮　我决不容许她如此。亲爱的爵爷，

决不要和她亲热。

孟　　　　　　　　你不用担心。

她和她公爵丈夫来了！

旗鼓前导，阿尔巴尼、戈奈丽尔及士兵上。

戈〔旁白〕

我宁愿打输这一仗，不愿我妹妹

拆散了他和我两个。

阿　贤妹，我们在此正好相会了。

伯爵，听说王上已经投奔了
他的小女儿，被迫同去的还有
为我国暴政呼号的群众，我认为
非出于正义，就不会勇于兴师：
我目前只因为法兰西侵犯了我国，
才挺身而出，并非因为他支持了
王上和理直气壮来问罪的人群。

孟　讲得真不同凡响。

芮　　　　　　　　　提这个干什么？

戈　我们要联合起来共同对敌；
这些内部的私人纠纷并不是
问题所在。

阿　　　　　　那就请老练的将士
一起来商定我们的作战方案吧。

孟　我回头就到你的帐中去候教。

芮　大姐，你跟我们一块儿去吧？

戈　不。

芮　这样最合适，请你跟我们走吧。

戈　〔旁白〕

噢呵，我明白这里的用意——我去。

艾德加乔妆上。

加　如果殿下接纳过我这种穷苦人

就听我说一句。

阿　　　　　　　我会赶上的。

〔齐下，仅留阿尔巴尼与艾德加。

说。

加　请你在打仗以前，先拆看这封信。

如果你得胜了，就吩咐吹号召唤

我这个送信人。我虽然看起来寒伧，

可是能送出一名卫士来证明

信里所写的事实。如果你失败了，

你在世间的事务就一了百了，

什么阴谋也谈不上了。愿你运气好。

阿　等我读了信才走，

加　　　　　　　　我不能等待。

等时候一到，只需叫传令官一招呼，

我就会重新出来。

阿　　好吧，再见。

我一定看你这封信。

〔艾德加下。

艾德孟重上。

孟　敌人已经望得见了，快摆开阵势。

这里有一份敌军实力的估计，

是根据仔细侦察的结果；可是你

现在得赶紧了。

阿　　我们就随时迎击。　〔下。

孟　我对两姊妹都已经发誓相爱；

两人都相见眼红，像受过蛇咬的

见不得蛇影。我选择其中哪一位呢？

都要？要一个？都不要？两个都活着，

我就一个也捞不到：娶那个寡妇吧，

会激怒她姐姐戈奈丽尔，把她气疯；

她丈夫在世，我也难于实现

我的雄心。我们现在是利用
他的威望来打仗，仗一打完，
就让本来要摆脱他的女人
设法迅速除掉他。至于他存心
对里亚和考黛丽亚多方照顾呢，
打完仗，他们一落到我们的手中，
就休想得到他赦免：我的地位
不在于空论，而在于我积极保卫。 〔下。

第二场　两军营地间一旷野。

内进军号声。旗鼓前导，里亚、考黛丽亚
及其部队上；下。

艾德加与格罗斯特上。

加　老爹爹，这儿来接受这棵树影的
殷勤款待：祝祷正义胜利吧。
如果我能够回到你的面前来，
我就会带给你喜讯。

格　　　　　　　　　　　神灵保佑你！

〔艾德加下。

进军号声，其后，收兵号声。艾德加重上。

加　快走，老人家；把手伸给我，快走！
里亚王失败了，他和他女儿被俘了。
把手伸给我；来吧！

格　不走了，老兄；就烂掉在这里也无妨。

加　怎么，又转坏念头了？人离开尘世，
必须和出生一样的顺应自然；
成熟就是一切。来吧。

格　　　　　　　　　　　　说得对。

〔同下。

第三场　多佛附近不列颠军营地。

旗鼓前导，艾德孟凯旋上；里亚与考黛丽亚
被俘随上；军官、士兵等继上。

孟　来几名官佐把他们带走：要看好，
等上面决定了怎样发落他们，
再作处理。
考　　　　　　也不是我们开了例——
用意最好，结果是遭遇最糟。
为了你，蒙难的父王，我才难受；
我自己本来会蔑视恶运的怒目。
我们不见见这些女儿和姐姐吗？
里　不，不；不，不！来吧，我们进监狱去。
我们俩要象笼中鸟一样的唱歌；
你要我祝福的时候，我会跪下去
求你宽恕。我们就这样过日子，
祈祷，唱歌，讲讲古老的故事，

笑蝴蝶披金，听那些可怜虫闲话
宫廷的新闻；我们也要同他们
漫谈谁得胜，谁失败，谁当权，谁垮台；
自认能参透和解释事态的秘密，
俨然是神明的密探；四壁高筑，
我们就冷看这一帮、那一派大人物
随月亮圆缺而升沉吧。

孟　　把他们带走。

里　对于这样的牺牲，我的考黛丽亚，
天神们也要烧香的。我把你抓住了吧？
谁要把我们分开，非得借天火
把我们当狐狸熏出去。擦干你眼泪；
我们不哭，让他们自己先烂掉，
连皮带肉！我们会看他们先饿死。
来吧。

〔里亚与考黛丽亚被押下。

孟　过来，队长；听我说。
把这个密令拿去。跟他们上监狱。

13　“笑蝴蝶披金”，一说指锦衣廷臣（克雷格）。

我已经提升你一级；如果你按照
这里的指令办事，你就走上了
发迹的道路；要明白这一点：人
是要跟时势相配，心慈手软
就不配佩刀；你的重大使命
不容你多问；要么你就说照办，
要么你另谋高就。

队长　　我照办，大人。

孟　就去办；你干了就可以庆贺自己了。
听好，——我是说立刻办，我写明怎样，
就怎样去干。

队长

我不会拉大车，也不会生吞干麦，
只要是人干的活儿，我就干。　〔下。

喇叭奏乐段。阿尔巴尼、戈奈丽尔、芮良、
军官和士兵上。

阿　阁下，今天你表现了生性骁勇，

运道也给了你照顾；你已经把今天
激战的对方一举而俘虏到手：
我要你把他们交出来，按罪责轻重，
也按我们邦家安危的考虑
来适当处置。

孟　　　　　　殿下，我已经酌情
把年老命苦的国王送去监禁，
并派出专人看管；他的高龄，
尤其是他的尊号，会吸引老百姓
心向他一边，也会使我们的部队
对我们倒戈相向，不再听从
我们的指挥。为了同样的理由，
我把王后也送去了；准备明天，
或者再过些时候，叫来出庭
受你的审询。在目前这种时际，
我们流汗流血：折损亲友；
无论争端有多大的道理，兴头上，
深受战祸者会一律加以诅咒。
处理考黛丽亚和他父亲的问题

该另等适当的场合。

阿　　　　　　　　　　阁下，对不起，

我在这场战争里只把你当部下，

不把你当平辈。

芮　　　　　　　　我愿意他平起平坐。

我想你该先问明了我的意见

再说话才是。他带领我们的部队，

身负我本人和我权位的重托，

凭这点亲密的关系，他完全有资格

来和你称兄道弟。

戈　　　　　　　　　　别这样火热，

他的高升是凭他自己的功德，

不是凭你的册封。

芮　　　　　　　　　　经我授权了，

他足以和至尊至贵的分庭抗礼。

阿　话也就到顶了，如果他做了你丈夫。

芮　玩笑往往就证明是预言。

戈　　　　　　　　　　　　　呵呵！

你心中早有数，眼色就固然不正啊。

芮　夫人，我此刻不舒服，要不然我就会
用满腔怒火，以恶言相报。将军，
请收下我的军队、俘虏、产业，
连同我本身都献给你自由支配。
让大家来作证，我在此把你立为
我的丈夫和君主。

戈　　　　　　　　你是想享有他吗？

阿　准许不准许由不得你来作主。

孟　你也管不着，殿下。

阿　　　　　　　　　杂种，我得管。

芮　〔对艾德孟〕
敲起鼓来；证明我给了你尊位。

阿　且慢；道理是：艾德孟，我把你逮捕，
以谋叛论罪；作为同案处理，
也逮捕这条镀金的毒蛇。　〔指戈奈丽尔。
　　　　　　　　　　　　贤妹，
为了我妻子，我取消你的权利；
是她跟这位伯爵先订了重婚约，
我是她丈夫，驳回你成亲的预告。

你要再结婚的话，就对我用情吧；
我夫人另外订约了。

戈　　　　　　哪来的滑稽戏！

阿　你武装俱全，格罗斯特，让喇叭吹响；
如果没有人出来证明你一身
犯下了万恶的，昭彰的，多种的死罪，
我自己拿这个作担保：　　　　〔掷一手套。
　　　　　　　　　　我决不进饮食，
除非先在你心胸上表明你犯下了
我在此宣布的罪行。

芮　　　　　　我病了，病了啊！

戈　〔旁白〕
要不然，我再也不相信任何药物了。

孟　我在此奉陪。　　　　〔掷一手套。
　　　　　　不管他是什么人
敢骂我是叛徒的，就是撒恶毒的大谎。
吹号召唤吧：谁敢上前来挑战，
我坚决向他，向你，（向谁都一样）
索回我忠贞的荣誉。

阿　传令官，喂！

孟　　　　　　　　传令官，喂，传令官！

阿　靠托你个人的勇敢吧；你的士兵
都是用我名义征集的，已经用我名义
全部遣散了。

芮　　　　　　　　我的病愈来愈厉害了。

阿　她病了；送她到我的营帐那里去。

〔芮艮被扶下。

一传令官上。

这儿来，传令官——就叫喇叭吹起来——
宣读这一道命令。

队长　吹号！

〔号声作。

传令官　〔宣读〕本军中有官衔身份的任何人员如愿面对艾德孟，所谓格罗斯特伯爵，指控他是万恶不赦的叛徒，听到第三遍号声，请即上场。他是勇于自卫的。

吹号！〔初遍号。

再吹！〔二遍号。

三吹！〔三遍号。

〔内喇叭回应。

喇叭手前导，艾德加武装上。

阿　问明他的来意，为什么他听见

喇叭的号召就来了。

传令官　你是什么人？

你的名字？身份？你为何如此

应召前来？

加　我已经失掉了名字。

它被阴谋的毒牙咬烂了，摧毁了：

论出身我却和我要来对付的敌手

一样的高贵。

阿　你的敌手是谁？

加　哪个人出来替格罗斯特伯爵说话？

孟　他本人：你对他说什么？

加　　　　　　　　　拔出你的剑，
如果我说话得罪了高尚的一颗心，
你可以用武器来维护；我的剑在这里。
看，武士的荣誉、誓言和天职，
使我有权挑战。我当众宣布：
不管你年轻力壮，地位出众，
不管你剑出顺利，新交好运，
有胆量，有勇气，你总是一个叛贼，
欺骗神明，欺骗你的父兄，
阴谋危害这位英明的亲王，
自顶至踵，直到脚底的尘土，
你十足是污点满身，毒液四溅的
一个叛贼。你敢说一声“不是”，
这把剑，这只胳臂和我的敌忾心
就定要在你的心窝里证实我的话——
你说谎。
孟　　　　按理我该问清你名字；
既然你相貌堂堂，威风凛凛，
说话显出你是颇有些教养的，

为慎重、周到起见，按武士规矩，
本可以拒绝的，我也就不顾这一套了。
我把这种种罪名都扔回你头上，
让弥天大谎狠狠的压倒你的心，
它们还只是擦过而没有伤到它，
我的利剑就为它们来开道，
让它们到那里永远栖息。吹号！

〔警号声交作。二人决斗。艾德孟倒地。

阿　留他命！留他命！
戈　　　　　　　　这是耍诡计，格罗斯特：
按决斗规矩，你本来可以不接受
不知名对手的挑战；你不是斗败，
是受骗上当了。
阿　　　　　　　闭住你的嘴，女人，
要不然我就用这封信堵住它。拿去，
你坏到无法形容了，自读孽迹吧。
别撕掉，夫人；我看你是知道的。

---

154 “拿去”，指给艾德孟看信，一说应了解为“且慢”，是对艾德加说的，而下一行就是对戈奈丽尔说的。

戈　就说我知道吧，法律归我管，不归你。
谁能控诉我？
阿　　　　　　　真骇人听闻，噢！
你知道这封信？
戈　　　　　　　别问我知道什么了。　　　　　　〔下。
阿　追上她去：她走上绝路了，看好她。
〔一军官下。
孟　你所指控我的事情，我干过，
还不止，还有许多，时间会揭露的。
这都过去了，我也完了。可是你
有运气胜我的，是谁呢？如果你出身好，
我就原谅你。
加　　　　　　　让我们互相宽恕吧。
我出身决不比你差什么，艾德孟；
说是更好呢，你就更不该坑害我了。
我名叫艾德加，是你父亲的儿子。
神明是公正的，我们寻欢作乐，
孽债就铸成惩罚我们的工具：
他在黑暗淫邪里生你的行径

使他丢失了眼睛。

孟　　　　　　　　说得对，真是的。

命运的车轮转回了，我落到了这一步。

阿　我本想你的步履就预先显示出

一副贵胄的神态：我定要拥抱你；

让我心碎吧，如果我曾经恨过你

和你的父亲。

加　　　　　　　高贵的殿下，我知道。

阿　你曾经躲在哪里？

你怎么知道你父亲悲惨的遭遇？

加　我亲自看护的，殿下。我简短讲一讲；

讲完了，噢！但愿我的心就爆炸了！

为了逃避那道血腥的通缉令

紧追我不放（噢，我们贪生，

就宁愿每时每刻受死的痛苦，

不愿一下子死亡啊！）我想法穿上了

乞丐的破烂，化装成一副寒伧相，

叫狗都瞧不起：我这样打扮起来了，

就遇见我父亲刚丢了宝贵的眼珠，

眼眶还是血淋淋的；当他的向导，
指引他，为他讨饭，从绝路救回他，
（却真不该啊！）直到半小时以前
我武装起来了，才向他透露了我是谁。
当时我希望成功，却没有把握，
我求他为我祝福，就从头到尾
讲出了我的历程。可是他的心
先有了伤痕（唉，经不起激荡了！）
夹在悲喜感情的两极端之间，
含笑而崩裂了。

孟　　　　　　　　你一讲可把我感动了
也许会产生好结果；你且讲下去，
你看来还有一些话要说的样子。

阿　如果还有，更为伤心，就停住吧；
我听到这里，已经就几乎要化成了
泪水一摊。

加　　　　　　不欣赏悲惨的该以为
这就到顶了；只是确还有一层呢，
要细讲起来，就会伤心上加伤心，

超出了绝限。
我正在号啕大哭，就来了一个人，
他曾经见过我最潦倒不堪的光景，
回避过和我接触，如今发现了
原来是谁这样受苦的，就用双臂
猛抱住我的颈脖，大声吼起来，
震天动地：还扑到我父亲身上；
讲了里亚和他的闻所未闻，
最悲惨不过的故事，越讲下去，
越感到悲痛欲绝，他的心弦
开始迸裂：当时二遍号响了，
我只得撇下他昏迷在那里。

阿　　　　　　　　那是谁？

加　肯特殿下，被放逐的肯特；他伪装了，
追随他冤家国王，奴隶都不如的
为他效劳。

一侍臣手持一血刀上。

侍臣

救救！救救啊！

加　救什么？

阿　快说呀，喂！

加　这把血刀是怎么的？

侍臣　还热呢，还冒气；

从她的心上拔出来的——噢，她死了！

阿　谁死了？快说呀，喂！

侍臣

夫人，殿下的夫人：她的妹妹

是被她毒害的；她自己吐露了这一点。

孟　我跟她们俩都订了婚约；三个人

现在一块儿成亲了。

加　肯特来了。

肯特上。

阿　把她们抬出来，不管是死是活。

〔侍臣下。

上天的惩罚使我们战慄，却并不
使我们产生怜悯。
〔对肯特〕　　　　　噢！这是他？
时会不巧，我们顾不得照规矩，
讲一番周到的礼貌了
肯　　　　　　　　　　我是前来
向我的恩主老王上告一声永别的；
他不在这里吗？
阿　　　　　　　　我们忘记了大事了！
艾德孟，快说，王上呢？考黛丽亚在哪里？
你见过这种光景吗，肯特？
〔众舁戈奈丽尔与芮良二人尸体上。
肯　唉！怎么了？
孟　　　　　　　　艾德孟还是有人爱的。
都是为了我，一个把另一个毒死了
然后把自己杀死。
阿　正是这样。遮了她们的脸。
孟　我快断气了；违反我的本性，

我还想做一点好事。赶快派人
马上到城堡去；因为我下过命令，
要把里亚和考黛丽亚一并处死。
赶快派人去。

阿　　快跑！噢，快跑！

加　去找谁，殿下？是谁负责的？发一个
免刑的证物。

孟　想得周到：拿我的剑去，
把它交给队长。

阿　　赶快去，千万赶快去！

〔艾德加下。

孟　他得到你的妻子和我的密令，
要把考黛丽亚在牢里绞死，而
推诿责任说她自己出于绝望，
寻了短见。

阿　　但愿神明保佑她！
把他抬走一会儿。

〔众舁艾德孟下。

里亚托捧考黛丽亚尸身重上，

艾德加、队长及人众继上。

里　号叫啊，号叫啊，号叫啊！你们是铁石人！
我若有你们的舌头和眼睛，我就会
用它们震裂天穹。她是永逝了。
我知道怎样算死了，怎样还活的；
她是死定了。借一面镜子给我；
她要是还有鼻息使镜面发雾，
她就还活着呢。

肯　　　　　　　　这就是世界末日了？

加　或者是末日的先兆吧？

阿　　　　　　　　　　　　天崩吧，地裂吧！

里　这片羽毛在动呢；她还活着哩！
果真如此，这个机缘就补偿了
我的一切忧患。

肯　〔跪地〕　　　我的好主人啊！

里　走开！

加　　　　这是高贵的肯特，是朋友。

里　全给我瘟死，你这帮凶手，叛贼！
我本来可以救她的；她如今永逝了！
考黛丽亚，考黛丽亚，等我一会儿！嗨！
你是说什么？——她总是细声细气，
说话温柔，十足有妇女的美德。——
我杀了那个正在绞死你的奴才。

队长
真是的，各位大人。

里　　　　　　　　　　可不是，家伙？
想当年只要我一挥舞我的偃月刀，
就会把人家吓跳的：现在我老了，
这些磨难也把我摧垮了。你是谁？
我的眼睛不大好；等会儿告诉你。

肯　如果命运神夸说她爱憎过两个人，
其中的一个就在你我的眼前。

里　我视力模糊。你不是肯特吗？

肯　　　　　　　　　　　　　　正是，
臣仆肯特。你的侍仆凯尤斯呢？

里　他是个好人，我可以明白告诉你；

他会动手，出手快。他死了，烂了。

肯　没有，我的好陛下；我就是那个人——

里　我回头再理会这些吧。

肯　我从你第一次遭变故、落难以来，
一直是追随你蒙尘的。

里　欢迎你来这儿。

肯　无可欢迎。一切是凄惨，暗晦。
你两个大女儿都已经把自己送命了，
是绝望而死的。

里　哎，我想是如此。

阿　他还不知道自己说的是什么，
我们谒见他也无用。

加　完全无用。

一队长上。

队长

艾德孟死了，殿下。

阿　　这无足重轻了。
大人们，尊贵的朋友们，我宣布旨意：
要尽量使眼前这座颓圮的大驾
得到安慰。至于我，我要退位，
只要这位老王上一日健在，
就把绝对权力还给他；
〔对艾德加和肯特〕　你们呢，
恢复你们的爵位，晋级，加封，
聊酬你们的功德。一切友人
都要尝德行的好报，一切敌人
都要喝应得的苦酒。噢，看啊！
里　我的小宝贝给绞死了！没有了，没有命了！
为什么狗啊，马啊，耗子啊，都有命，
偏偏你没有气？你再也不会回来了，
永不会，永不会，永不会，永不会，永不会！
请解开这个钮扣。谢谢你，阁下。
你看见吗？看她！看——她的嘴唇！
看那里，看那里！

加　　昏过去了！王上，王上！

肯　碎了吧，我的心，碎了吧！

加　　张张眼，王上！

肯　别惊动他的灵魂：让他安逝吧；
他会恨谁要在险巇尘世的刑架上
把他多扯长一点儿。

〔里亚死。

加　　他果真死了。

肯　令人惊奇的是他经受了这么久；
他的命本就像抢来的。

阿　把他们抬走。我们当前的大事
是举国哀悼。
〔对肯特与艾德加〕
心爱的朋友，你们俩
统治本土，维护多难的家邦。

肯　我就要出门上路，请殿下包涵；
我的主人唤我了，我不能偷懒。

加　我们得承担悲惨日子的重量；

不讲我们该说的，感到的就讲。
最老的经受得最多：我们年轻人
活不到这么久，再不会见这等光景。

〔丧礼进行曲，齐下。

325 一说“从这些行中可见到一种黯淡的乐观主义成份。里亚活得久，饱经忧患，惨极人寰，但是这种惊人的苦难不会再发生了”（杜塞）。